社長に就任したら秘《ひ》書《しょ》課《か》に調教《ちょうきょう》されました

西野 花
HANA NISHINO

イラスト
うめ
UME

Lovers Label

CONTENTS

「――――この時期、社長からの呼び出しなんて、何事なんだろうな」

落ち着いた住宅街の中にある瀟洒《しょうしゃ》な料亭《りょうてい》に、三人の男が集められていた。

彼らは菓子《かし》メーカー『ジャイルズ』の、社長付の秘書達《ひしょ》である。

最初に口火を切ったのは、後藤尚士《ごとうひさし》という男だった。この中では二十九歳と一番若いが、学生時代は空手《からて》をやっており、落ち着きがある。社長は『君がいると安全で頼もしい』と、海外出張にはよく後藤を連れて行っていた。短髪でがっしりとした体軀《たいく》は秘書というと意外に思われるかもしれないが、実務能力も高い。

「まあ、十中八九、次の社長に関することだろうな。――――この使い方合ってた？」

「大丈夫だ」

マティス洋佑《ようすけ》が、四字熟語《よじじゅくご》の使い方を確認した。彼は日米ハーフの帰国子女で、三十二歳になる。アメリカ帰りでコミュニケーション能力が高く、その明るい髪の色と甘いマスクは、社内の女性人気も高い。だが本人は超のつく面食《めんく》いなのは、その完璧な人当たりからは知られていないだろう。

「こうしてわざわざ席を設《もう》けられたということは、よほど重要なことなのだろう。どのようなことでも、対応できるようにしないとな」

武内雅久《たけうちがく》は社長付秘書のまとめ役であり、秘書課の課長でもある。三十六歳というキャリアでこの地位につけたのは、気配りに長《た》け、全体を見回す力に秀《ひい》でており、相手の要求を先回りする能力があるからだ。『秘書は母親』などと言われることもあるのは、ボスが年嵩《としかさ》の男性であることが多いために、そういったことも必要とされる。

そして彼らのボスは来月に一線を退《しりぞ》くことになっていた。

「失礼いたします」

料亭の仲居《なかい》が静かに声をかけてきた。

「お連れ様がお着きになられました。まもなくみえます」

武内達は一斉《いっせい》に居住《いず》まいを正す。すると、まもなくして五十代後半とみられる男が入ってきた。

「やあ、待たせてすまなかったね」

武内達の頭が下げられた。現れたのはジャイルズの代表取締役、藍川祐源《あいかわゆうげん》だった。

「お疲れ様です」

「うん」

祐源は五十七歳であり、まだ引退するには早いと思われた。無駄《むだ》な贅肉《ぜいにく》のついていない肉体はまだまだ壮健《そうけん》で、目の奥も光を失ってはいない。引退すると告げられた時には武内達は驚《おどろ》いたものだが、祐源にはどこか一風変わった信念のようなものがあり、余生《よせい》を楽しみたいと言われると引き留めることはできなかった。

「――さて、私は来月に退職することになる」

料理が目の前に運ばれると、祐源はおもむろにそう言った。

「昔の侍《さむらい》は、主《あるじ》が死ぬと共に死んだそうだが」

「私はサムライではありませんし、まだ人生を楽しみたいという気持ちがあります」

マティスの不遜《ふそん》ともとれる言葉に、祐源は気を悪くした様子もなく声を立てて笑った。

「確かにそうだ」

武内と後藤は口元に笑みを浮かべたまま黙《だま》っている。こういった軽口は、外国育ちならではというところだろうか。

「ともあれ、今日は君たちに頼みたいことがあるというのは本当だ」

「といいますと、後継者をお決めになったのですか？」

「うむ」

武内達は互いに目配《めくば》せ合った。何しろ彼らのボスは、これまでに後継者を誰にするか、決して教えてはくれなかったからだ。代替わりの際《さい》に行うべき業務は、山ほどあるというのに。

「それはどなたでしょうか」

武内が促《うなが》すと、祐源はタブレットを取り出し、彼らの前に差し出した。

「彼だ」

画面の中に映し出されている人物を見た時、彼らは一様に息を呑《の》む。

「この方は？」

「藍川理月《あいかわりつき》。私の――――そうだな。正確には義理の兄弟に当たるんだが」

後藤の問いに、祐源は少し困ったような顔をして見せた。関係がどうも複雑らしい。

「先代の社長の、ご子息ですね。社長とは違うお母様の」

「そうだ。彼の母親は銀座で名を馳《は》せた女だ。理月は私にとっても、息子のようなものだよ」

武内が理月と祐源の関係を説明してみせる。彼にとっては、父親の愛人の子だ。それなのに、祐源の口調からは理月を厭《いと》うている気配が感じられなかった。

「武内、お前は理月とは以前親しかったな」

「……昔の話です。私のことも、覚えておられるかどうか」

後藤とマティスが、おや、と顔を見合わせる。どうやら武内と次期社長である理月とは、面識があるらしい。

画像の中の理月は、どこかのパーティー会場で撮られたものらしく、すっきりとした細身の身体を上等なスーツで包んでいた。

「これは……」

後藤が思わずといった感じで声を漏《も》らした。さもあらん、と武内は思う。藍川理月は、ひどく美しい青年なのだ。

長めの前髪を片側に軽く流し、その間から見える瞳は宝石のような硬質な輝きを持っている。通った鼻筋《はなすじ》の下の、きゅっと引き結ばれた禁欲的《きんよくてき》な口元は、かえって誘惑《ゆうわく》の色を感じさせられた。

「どうだ、美しいだろう」

祐源が自慢《じまん》げに笑う。

「理月は今、京都の関係会社で役員をさせている。こちらに呼び戻してジャイルズの社長に就《しゅう》任《にん》させるつもりだ」

「しかし、かなりお若く見えますが」

マティスが食い入るように画像を見つめながら呟《つぶや》く。どうやら、面食いの彼のお眼鏡《めがね》に適《かな》ったらしい。

「二十七だ」

「若すぎではありませんか。ジャイルズの社長には」

「私が社長に就任したのは三十五の時だ。今は時代も違うし、言うほど早くもないだろう」

そう言われると、確かにその通りかもしれない。

「理月は優秀でな。私が手塩《てしお》にかけて育てた」

自身の父親の愛人の子であるにもかかわらず、祐源は理月に対し、援助《えんじょ》を惜《お》しまなかったらしい。それどころか、実際は異母兄弟の間柄《あいだがら》であるにもかかわらず、祐源は理月に父と呼ばせていると語った。

これはなかなかに複雑な問題だぞ、と秘書達は思った。しかし、この理月という青年には、妙《みょう》に惹《ひ》かれるものがある。一本通った強い芯《しん》のようなものを感じさせるのに、物憂《ものう》げな色を纏《まと》っていた。気丈《きじょう》そうな表情を、崩《くず》してみたいと思わせるものがそこにある。

「気になるかね」

祐源に問いかけられ、後藤とマティスはハッとして彼らのボスを見た。唯一《ゆいいつ》、武内だけが、そんな同僚《どうりょう》達を見て難《むずか》しい顔をしている。

「君たちに頼みというのは他でもない。理月を、抱いてやって欲しい」

「……は……？」

「……？……」

「――――っ、社長っ」

武内がめずらしく憤《いきどお》りを露《あら》わにして祐源に反発した。

「お前がそんな顔をするのは初めて見たな、武内」

後藤とマティスが武内を見やる。彼は戸惑《とまど》ったような反応で目を逸《そ》らした。

「理月はな、才能もあり、経営に必要な高い知識も持っているが、いまひとつ、大勢の社員をまとめ上げる自信と、大人のカリスマに必要な威厳《いげん》に欠ける。女をあてがっても抱かんだろう。

幼い頃から欠けていた、受け止めきれないほどの愛情が必要だ」

「し――――、しかし、だからと言って……」

「この子はお前好みだと思ったんだがね、後藤」

畳《たた》みかけられて、後藤は、う、と言葉を詰《つ》まらせる。

「マティスも、どうだ。理月は美しいだろう」

「……ええ、とても」

神妙《しんみょう》な表情でマティスは頷《うなず》いた。視線が再び理月を写しているタブレットに向いている。

「武内は、不満か」

「……理月さんのご意思は、どうなるんです」

「あれもきっと、お前達のことを気に入るだろうよ」

妙に確信めいた口調だった。祐源は酒の入った杯《さかずき》を口にして呟く。

「正直、私はあれがそこいらの令嬢《れいじょう》と結婚して平凡《へいぼん》な家庭を築くなどとは、考えたくない。あれは男に抱かれてこそ磨《みが》かれる。だが、どこの馬の骨《ほね》ともわからん男にくれてやる気はない。私が認めた人物でなければな。その点、君たちはもっとも信頼できる男達だ」

祐源の堂々とした、自信たっぷりの口調で話されると、突拍子《とっぴょうし》のないことでももっともらしく聞こえてしまう。

だが秘書達は揺れていた。一目見ただけで、この青年のことが気になって仕方なくなっている。もっと知りたい、声が聞きたい、そして、触れてもみたい————と。

「どうやら話は決まったようだな」

祐源がにやりと笑った。彼は自分の秘書達のそれぞれの杯に酒をつぐ。

「では、新しいジャイルズと、私の可愛い理月と、優秀《ゆうしゅう》な雄《おす》である君たちに」

乾杯《かんぱい》、と杯が上げられる。

そこにいた全員が、その中身を飲み干《ほ》した。

「――私はこのジャイルズを、更《さら》に発展させ、成長させ続けていくために、努力と探求を惜しまない所存です。まだ若輩者《じゃくはいもの》ではありますが、社員の皆さんのお力をお借りし、邁進《まいしん》していきます」

理月は社内の放送ブースから就任の挨拶《あいさつ》を終える。マイクのスイッチをそっと下ろすと、思わずため息が漏《も》れた。やはり緊張《きんちょう》していたらしい。

「ご立派《りっぱ》な挨拶でした」

ブースを出ると、第一秘書である武内がねぎらってくれる。背が高くて紳士的《しんしてき》で、男らしく端整《たんせい》な顔立ちをしている男だ。彼のことは知っている。理月が小学生の時に、父に紹介されてそれから時々会っていた。家庭教師のようなこともしてくれた。

理月の母は、藍川グループの会長の愛人だった。過去形なのは、理月が小学生の時に事件《じけん》に巻き込まれ、亡くなってしまったのだ。痴情《ちじょう》の縺《もつ》れ。母は父の愛人になる前に恋人だった男に刺《さ》し殺された。

それから理月は、父の息子である祐源の元に引き取られた。父の息子は、理月よりもずっとずっと年上で、彼が父親だといってもおかしくないくらいだった。祐源にしてみれば、理月は愛人の息子だ。いったいどんな扱《あつか》いを受けるのかとびくびくしていたら、思っていたのとは逆に、大事にされてきた。充分な教育と、上質なものに囲まれる暮らし。祐源には感謝しているが、理月は彼のことが少し苦手だった。祐源は時折《ときおり》、理月のことを妙《みょう》な目で見る。

「まさか武内さんが秘書になってくれるなんて思わなかったな」

「武内、とお呼び下さい、社長。もう昔とは違うのですから」

眼鏡を押し上げながら、やんわりと指摘《してき》されて、理月はそれが距離を置かれたように感じた。

「そうだな」

彼と過ごした僅《わず》かな時期。あれは、理月の人生の中において、とても大事な思い出だった。優しい兄のような武内との交流は、理月が京都にある全寮制《ぜんりょうせい》の中学にやられるまで続いた。あれから十年以上の歳月が流れている。秘書課で彼の名前を見つけた時は思わず喜んだが、武内の言うとおり、もう昔とは違うのかもしれない。

「——この後の予定は？」

「昼食の後は、挨拶回りです。後藤とマティスがご同行します。紹介しましょう」

社長室は秘書課とフロアが続きになっている。廊下側のドアとは別の方向にある出入り口から、彼らは現れた。

「マティス洋佑と申します」

最初に挨拶されたのは、明るい髪と瞳の色をした、快活《かいかつ》そうな男だった。帰国子女だと聞く。

マティスは物怖《ものお》じしない態度で、理月に握手《あくしゅ》を求めてきた。

「よろしく頼む」

そして理月は隣にいる体格のいい男に目を移す。男はきびきびした動きで一礼した。

「後藤尚士です。学生時代はずっと空手をやっていました。ボディーガードはお任せください」

「いや、秘書だろうが」

マティスの突っ込みに、後藤はそうだった、と言って肩を竦《すく》める。その場で笑い声が上がった。理月もまた、つられて少し笑う。きっと緊張気味《ぎみ》の自分を和《なご》ませようとしてくれたのだろう。そう思っていると、マティスと後藤の二人が、こちらをまじまじと見つめているのに気づいた。

「……なんだ？」

「いえ、なんでも」

マティスがにこりと笑い、後藤が咳払《せきばら》いをする。

「社長、昼食はどうされますか」

武内の言葉に、理月は視線を上にやった。

「ああ、別になんでも……」

「京都では、どのようなものを召《め》し上がられていましたか」

「え？　普通に……、コンビニでカップ麺《めん》とか、野菜ジュースとか」

祐源の元から離れると理月は食に無頓着《むとんちゃく》になり、腹に入ればなんでもいいというスタイルになった。だがそう言うと、武内は渋《しぶ》い顔をして、はあ、と息をつく。

「社長、ジャイルズは菓子メーカーです」

「わかっている。だから何だ」

「菓子は食後に食べられることも多いです。食後のデザートがおいしいのは、きちんとした食事をとったからこそです。ジャイルズはそういったスイーツも多く展開しています。であれば、社長はちゃんとした食事をとらねばなりません」

いきなり説教されて、理月は面食《めんく》らった。記憶の中の武内はいつも優しく微笑《ほほえ》んでいて、厳《きび》しい顔など見たこともない。

(何もかも、昔とは違うってことか)

だが彼の意見は正論だ。

「……わかった。だがこのあたりの店はまだよく知らない。教えてくれ」

そう答えると、武内の顔に柔和《にゅうわ》な笑みが浮かぶ。その表情に、理月はどきりとした。

「お好きなデザートは何ですか」

「え？　ええと……」

理月がまだ小さい頃、銀座で働いていた母が、時々レモンタルトを買ってきてくれた。あの甘酸っぱい味が、今も思い出に残っている。

「レモンタルト」

「それなら、いい店を知っていますよ」

マティスが弾《はず》んだ声を上げる。

「裏通りにあるカフェで、穴場なんです。パスタが有名ですけど、タルトも評判《ひょうばん》がいいですね。レモンタルトもありますよ」

「そうなのか？」

「じゃあ、四人で行きますか。俺、電話して席予約してきます」

後藤がスマホを取り出して電話をかけるためにその場を離れた。さすがに秘書なだけあって、気働きがきく。理月がちらりと武内を見上げると、彼は小さく笑って頷《うなず》いた。


マティスが言っていたカフェに四人で訪れる。ガラス張りの外壁が明るい印象を醸《かも》し出していた。内装はシンプルで、清潔感《せいけつかん》に溢《あふ》れている。メニューもわかりやすくてセンスがよかった。

理月は今日のおすすめのランチと、食後にレモンタルトをオーダーした。武内も同じものだ。マティスはオープンサンドのセットで、後藤はカレーのランチだった。

前菜のグリーンサラダを口に入れる。材料が新鮮《しんせん》なことはすぐにわかった。レタスもぱりっとしていて、口当たりがいい。

（そう言えば、食べること自体は好きだったんだよな）

忙《いそが》しさにかまけて、いつの間にか食をおろそかにしていたことに気づく。武内が言っていたことは最もだと思った。

「これからはちゃんと食事もとろうと思う」

「いいことです」

したり顔で頷く男達に、まるで子供扱《あつか》いされたような気がして、理月は少しムッとしたくなる。だが自分はもう社長なのだ。これからは、この男達を率《ひき》いていかなければならない。

「レモンタルトです」

店員が白い皿に乗ったレモンタルトを置く。香ばしいタルト生地に、レモンのカスタードとムースが二層《にそう》になっていた。ホイップクリームとフルーツが添えられている。わくわくとフォークを入れて口に運ぶと、甘酸っぱい風味がいっぱいに広がった。

「うまいな」

「それならよかったです」

マティスが面目躍如《めんもくやくじょ》とばかりに嬉しそうに笑う。こんなことぐらいでそんなに喜ぶのが不思《ふし》議《ぎ》で、理月はマティスを見つめ返した。

「どうかしましたか？」

「いや」

最初、祐源にジャイルズの社長に就任しろと言われた時は、自分には無理だと思った。理月にはまだ、会社を背負って生きる覚悟はできていなかった。だが、父代わりである祐源は、理月にこの男達を残してくれた。

（――いやいや、まだわからない）

この男達がどういう人間なのか、まだよくわからないではないか。武内だって、昔とはもう違っていた。

ただ、理月は幼い頃から、人とこうして食事をとることが少なかった。祐源の屋敷《やしき》にいた時も、豪華《ごうか》な食事は一人で食べていた。

「なるほど、デザートとは重要なものなんだな」

「めちゃくちゃ重要ですね。俺も甘い物は大好きで、それでジャイルズに入社したくらいですから」

後藤の言葉遣いがややざっくばらんになっている。

「おい、後藤」

「あ、すみません」

武内に注意され、後藤が慌《あわ》てて頭を下げた。

「いや、かまわない。外部の者がいない場所では、もう少し砕《くだ》けた調子で話してもらっていい。

君たちは俺よりも年上なわけだし」

理月も一人称を少し変えてみた。昼休みだし、これくらいはいいだろう。それに、社長たるもの、鷹揚《おうよう》な構えを見せていなければならないという気持ちもあった。そう、祐源のように。舐《な》められたくないという気概《きがい》が、逆に理月に寛容《かんよう》な姿勢をとらせる。

社に戻ると、取引先を回る業務があった。先ほど言われたように、マティスと後藤が同行する。

「いってらっしゃいませ」

武内に折り目正しく送り出され、理月は頷く。社長として初めての対外的な業務と言っていい仕事は、正直心細さもあった。本当なら武内に同行して欲しい。けれどそんなことは口が裂《さ》けても言えない。何を甘えたことをと、彼に思われるのは嫌だった。

「どうぞ」

地下駐車場で、マティスが後部座席のドアを開ける。理月がシートに滑《すべ》り込むと、運転席に後藤、助手席にはマティスが乗り込んだ。

「最初はKマーケットです」

「わかった」

車は滑るように発進する。窓を流れる久し振りの東京の景色は、理月にこれからのことを否が応にも思い起こさせた。肩にかかる重責《じゅうせき》。自分はこれから社員一千名の生活を背負っていかなければならない。

「――武内課長とは、昔からの知り合いだったんですか？」

前方の席からふいにマティスに話しかけられ、難しい思いに沈《しず》んでいた理月はハッとした。

「本人にお聞きしても、教えてくれなかったもので」

「あ、ああ……、俺がまだ小学生の時に、前社長から紹介されて。それで少し親しくしていた」

「なるほど、そうでしたか」

「社長は確か、中学から京都とお伺いしていますが」

後藤の質問に、理月は口を開く。

「そうだ。全寮制の学校に行った」

「そこから一度も会わずに？」

「会っていない」

「それでですか」

腑《ふ》に落ちたように答える後藤に、理月は首を傾げた。

「何がだ？」

「いえ、武内課長の様子が、まるで遠距離の恋人に再会したようでしたので」

前方の二人が笑い合う。だが理月は虚《きょ》を突《つ》かれる。

「何をそんな……、あるわけないだろう」

少しむきになってしまったかもしれない。「冗談ですよ」と後藤に返された理月は、口を結んでシートに背中を沈めた。からかわれたのだ。年上の秘書に。

「申し訳ありません。社長が緊張されているようでしたので、お気持ちが解《ほぐ》れればと」

マティスの柔らかな声に、理月は彼らのほうを見た。

「……そうか」

見透《みす》かされていたのだ。それがわかって、反発したい気持ちとほっとしたような気持ちが半々だった。

「礼を言うべきなんだろうな」

「とんでもないですよ」

後藤が言う。

「俺達は社長のサポートをするのが仕事です。お一人で悩まれることも多いでしょうが、できれば頼ってください。できる限りのことはしますから」

「公私問わず、ですね」

マティスにも軽やかな調子で付け加えられ、理月は勇気をもらったような気持ちになる。祐源はこんなに頼りになる秘書達を残してくれた。その期待には是非応えなくてはならない。

だが、年若くして社長の任に着いた理月には、洗礼が待っていた。

「――これはまた、ずいぶんとお若くていらっしゃる」

Kマーケットは国内大型スーパーの長《おさ》で、多種多様なジャイルズの製品を卸している。重要取引先のひとつだ。

「ご指導ご鞭撻《べんたつ》のほど、よろしくお願いいたします」

理月が頭を下げると、社長の橋田《はしだ》は上機嫌《じょうきげん》で笑ってみせた。

「いえいえ、ジャイルズさんには儲《もう》けさせていただいておりますよ」

「今後も、ご期待に添えられるよう力を尽《つ》くして参ります」

「よろしく頼みますよ。時に、理月さんは祐源さんのご子息でいらっしゃる？」

「……そうです」

対外的にはそういうことになっている。実際、理月を手元で育てたのは祐源だ。だが、理月の母親は夜の世界では名が知れていたらしく、本当のことを知っている者も多い。そして橋田もその一人だった。

「理月社長のお母様には、私もずいぶん憧《あこが》れたものだよ。美人薄命《びじんはくめい》とはよく言ったものだ」

「ええ」

「理月社長は、あの美しかったお母様にそっくりだね」

「……よく言われます」

「彼女はその美貌《びぼう》で、幾多《いくた》の大物を虜《とりこ》にしたそうだ。そういった才能は事業においても役に立つと思うがね。理月社長なら、それができると思うよ」

「――――」

　事業の手腕ではなく、外見の魅力《みりょく》で仕事をしろ。理月にはそう言われているように聞こえた。胸の裡《うち》を、不快感《ふかいかん》が込み上げてくる。

　だが、こんなことは前の会社でも少なからず言われていたことだ。

「――そうですか。では、その節は、ぜひKマーケットさんでも役立たせていただきたいと思います。きっと憧れられていた母も喜ぶでしょう」

　橋田が面食らったような顔をした。おそらく、軽く理月を虐《いじ》めるつもりだったのだろう。もっとバシッと言ってやることもできたが、立場を考えるとこれくらいでいい。橋田は次の瞬間、おかしそうに笑い出した。

「いや、理月社長はなかなかの器《うつわ》だ」

　そして、社会的立場が高い者は、得てしてこういう返しをする者は嫌いではない。もちろん、人となりはよく観察しなくてはならないし、しくじったら違うアプローチをしなくてはならないが。

「今後とも、御社とはよい関係でありたいと思いますよ」

「はい、ぜひよろしくお願いいたします」

　理月は橋田に対し、花のような笑みをにこりと浮かべた。

「ちょっとひやりとしましたが、あの時の社長の返答、非常によかったですね」

「生意気《なまいき》だったかもしれないが、やられっぱなしもどうかと思ったからな」

車の中でのマティスの言葉に、理月はため息をつきつつ答える。すぐに後藤が続けてきた。

「問題ないと思います。むしろプラスでしょう。橋田社長は、生意気なくらいの人間が好きなんです。骨があると言って」

「もちろんそれには実力が伴《ともな》っていないと駄目《だめ》ですが――、社長は合格だったんでしょうね」

「だといいな」

理月は苦笑を浮かべる。

「次はどこだ？」

「Sデパートです」

こちらもまた、重要取引先だ。

理月は気を引き締めて前方を見据《みす》えた。

「おかえりなさいませ」

挨拶回りは夕方まで続き、理月が自分の会社の社長室に戻ってきた時には、疲労困憊《ひろうこんぱい》になっていた。

「お疲れのようですね」

武内が理月の顔色を検分《けんぶん》するように窺《うかが》う。

「問題ない。気疲《きづか》れだ」

「飲み物をお持ちしましょう」

彼はいったん部屋を出ると、すぐに飲み物を乗せたトレイを持って戻ってきた。甘いお茶の香りが鼻をくすぐる。

「レモンティーです。少し甘めにしてあります」

「ありがとう」

紅い紅茶の上に、レモンスライスが二枚浮かべられたそれは、甘く酸っぱく、理月の好みに合っていた。懐《なつ》かしい記憶の蓋《ふた》が開く。

「これを社長にお淹《い》れするのも久し振りですね」

「……覚えていたのか」

中学受験で武内に勉強を見てもらっていた時、彼はよくレモンティーを作ってくれた。糖分とビタミンを同時にとれるからと。京都に行ってから自分でも作ってみたが、武内の味にはならなかった。

「ええ、もちろん」

それから彼は、居住まいを正して秘書の顔に戻った。

「マティス達から報告を受けました。挨拶回り、うまくいったようですね。まずはお疲れ様でした」

「……ああ」

理月は小さく笑って頷く。

「本日はもう特に予定はありませんが、どうなさいますか？」

「少し数字を見る。帰る時に声をかけるよ」

「かしこまりました」

武内は一礼して去ってゆく。透明《とうめい》なガラスの窓から見える彼の背中を目で追いながら、理月はパソコンのスイッチを入れた。

静かな住宅街にあるマンションのポーチに車が停《と》められ、運転していた武内が降りる。後部座席に回ってきた彼は、音がしないようにドアを開けた。理月は身を滑らせるようにして車から降りる。その時、彼の手が、まるでエスコートでもするように理月の手に添えられて、思わずびくりとした。

「――今日は、お疲れになったでしょう。ゆっくりおやすみ下さい」

「あ、ああ…」

「では、失礼致します。――おやすみなさいませ」

「おやすみ」

武内は運転席に戻り、エンジンをかける。車は理月の前から、滑るように去っていった。

「――」

残された理月はエントランスから空を仰《あお》ぐ。夜空に吸い込まれるようにして、タワーマンションが建っていた。ここが理月に与えられた住処《すみか》だ。京都にいた時には、こんなに高い建物はなかった。

セキュリティを抜け、エレベーターに乗って自分の部屋の前までたどり着く。柔らかな照明に照らされた廊下はしんとしていて、物音ひとつ聞こえなかった。ロックを解除し、部屋に入る。明かりをつけると、大理石の玄関が寒々しく浮かび上がった。

「――ふう」

息をつくと、身体がどっと重くなったように感じる。今日はもう、シャワーを浴びて寝てしまおうと思った。ソファの上に鞄《かばん》を置き、脱いだスーツを皺《しわ》にならないようにハンガーにかける。服を脱ぎ浴室に入ってシャワーをひねると、熱い湯が勢いよく飛び出してきた。緊張して強《こわ》ばった筋肉が解れていく。本当は湯船に浸《つ》かったほうがいいのだろうが、それはまた明日にすることにした。

浴室から上がると、冷蔵庫からビールを取り出し、理月はベランダへ出た。タオルで髪を拭きながら眼下の風景を眺《なが》める。東京へ戻ってきて、気に入ったものがこの部屋からの眺望《ちょうぼう》だった。砂金を振りまいたような街の灯りは、まるで光の海のようにも見える。理月はその海の中を、たった一人小舟《こぶね》に乗って漂《ただよ》っているのだ。

ふと、頭の中に秘書達の顔が浮かぶ。陽気なマティス、実直そうな後藤、そして、優しいのか冷たいのかわからない武内。

「……がんばろう」

越えるべき山はとてつもなく大きい。けれど任されたからにはやり遂《と》げるしかない。

夜風で肩が冷え始めたのに気づいて、理月は部屋の中に戻った。

実の父親のことはよく覚えていなくて、理月にとっては藍川祐源が父親代わりだった。

祐源は理月を可愛がってくれた。溺愛《できあい》してくれたといってもいい。だが、彼が理月の髪を撫《な》でる仕草《しぐさ》、肩や背中や腰を撫でる仕草に、違和感《いわかん》を覚えたのはいつの頃だったろう。祐源は理月を粘度《ねんど》の高い視線で見つめ続けた。理月が京都へ行ってからもたびたび彼はやってきて、理月の肩を愛《いと》しげに抱き、熱の籠《こ》もった目で眺め回す。それに戸惑いながらも、理月は祐源の手を、視線を拒《こば》むことができなかった。それはおそらく、祐源が理月に本当に無体な行為をしなかったからかもしれない。父親の愛人の子である理月に対し、祐源は悪い感情を持っても少しも不思議ではないのだ。それなのに、一線は越えないでいてくれる。そこに彼なりの愛情のようなものを感じ取ったのは、間違いではないだろう。

だが、一度だけ祐源に言われたことがあった。

『お前の中にある母親の血は、お前を苦しめることだろう。蝶子《ちょうこ》は、欲望に奔放《ほんぽう》な女だった。まるでサキュバスのような』

サキュバス。淫魔《いんま》。

その血が理月にも流れていると、彼は告げる。

母は幾人《いくにん》もの男を食い物にしてきた。その結果、縺《もつ》れた愛の刃《やいば》を受け、死んだ。

――自分もそうなるかもしれない。

いつの頃からか、そういった恐怖が理月の中に芽生《めば》えた。それは、自分の身体の中に、欲望の火種《ひだね》を見つけてしまったからだった。

「……う、うん…っ」

深夜、ベッドの中で、理月はどろどろとした夢の中にいた。

上も下もわからない。明るいのか暗いのかはっきりしない、薄暮《はくぼ》の空間。

（あ────、また、この夢）

数年前から、何度となく見てきた夢だった。

理月は裸で、どこかの空間に浮かんでいる。周りは何も見えない。ただうっすらとした霧《きり》のようなものがあるだけだった。手足は自分の自由にならず、何かに摑《つか》まれて身体を開かされる。

「んっ、んっ」

周りの空気がぞろりと動き、理月の肌の上を這《は》い回っていく。すると肌の下で刺激を求める感覚がいっせいに目覚め、性的な快楽《かいらく》を理月に与えていった。

「ああ…っ」

夢の中では、理月に自制の意識はない。束縛《そくばく》され、我が物顔で自分を犯《おか》していくモノに対する屈辱《くつじょく》も羞恥《しゅうち》もなく、ただ湧《わ》き上がる快楽だけを愉《たの》しんでいた。

「ああっ、ああっ、そ、こ…っ」

乳首を転がすように舐《な》め回され、理月は身をくねらせる。興奮が脳を灼《や》いて、もっと、もっと快感《かいかん》を欲しがっていた。

「乳首、きもちぃ、よぉ…っ、ん、あっ、噛《か》んで、吸ってぇ…っ」

その感覚は、まるで人間が愛撫《あいぶ》しているように、指や舌や唇、歯の感触まであった。理月が愛撫をねだると、その通りの刺激が来る。

「あっ、くっ、ううう…っ」

両の乳首に歯を立てられ、吸われて、たまらずに背を反《そ》らせた。大きく開いた脚の間で、肉茎が濡れながらそそり勃《た》っている。早くここにも、刺激が欲しい。

「ああ……、ここ、ここも…、いじめて……っ」

誘《さそ》うように腰がくねる。すると、そのあたりの空気がざわめく気配がした。ああ、来る。すごいのが来る。

理月の股間《こかん》のものに、それが絡《から》みついた。肉厚の舌の感触にきつく絡みつかれ、思うさま吸い上げられる。

「ああぁぁあ」

泣きたくなるような快感に、高い嬌声《きょうせい》が漏れた。顔には歓喜《かんき》の表情が浮かんでいる。

「あっ、あっ、それ好きっ…、ああ、吸って、吸って…っ！」

理月のものは淫《みだ》らな哀願《あいがん》の通りにされる。吸われながら、いくつもの舌で舐め回されているようだった。腰骨がびりびりと痺《しび》れて、足の付け根に痙攣《けいれん》が走る。

「ふあ、あ――――っ、イく、イくぅぅうう……っ！」

がくがくと腰を振り立てながら、理月はそこから白蜜を噴《ふ》き上げた。そこには何もないというのに、まるで舐め取るようにいっせいに舌先が集まる。その感覚にも、気絶しそうなほどに感じた。そして舌の感触は、双丘の奥にまで伸びてくる。

「はっ、ひぃっ」

後孔を蕩《とろ》かすように舐められた。それは肉環をこじ開け、中の媚肉を濡らすように唾液《だえき》を送り込んでくる。この後に何が来るのかを知っていて、理月は腰を上げた。

「ああっ、きてっ、挿《い》れてっ」

恥知らずにねだる。この孔に、太くて熱いものが欲しい。思うさまかき回して、突いて欲しい。そして最後には、熱い飛沫《しぶき》でこの腹を満たして欲しい――。

欲望に支配された理月の後孔に、見えないものが押し当てられる。待ち望んでいたものを挿れられる期待に、涙が溢れた。

それが、ぐぐっ、と押し入ってくる。

「あ、あぁ――」

歓喜の悲鳴が、仰《の》け反《ぞ》った喉《のど》から漏れた。

「――――！」

　ベッドの中で、理月は大きく目を見開く。寝室の中はしん、と静まり返っていた。鼓動《こどう》が早鐘《がね》のように脈打《みゃくう》っている。

「……ゆめ」

　いつもの夢だ。最近は見ないと思っていたのだが、久し振りだった。やはりストレスがかかっていたのだろうか。淫夢《いんむ》は理月の心身に負担がかかっている時に現れる。

　身体が汗《あせ》ばんでいて、熱い。上掛けをはいで寝間着のボタンを外すと、ようやっと人心地ついた。

　こんな夢、他の人間は見るのだろうか。

　聞けるわけがないのでわからないが、あそこまで具体的な感覚を伴う夢は、おそらくなかなかないのではないだろうか。

「……っ」

　ずくん、ずくんと下肢《かし》が疼《うず》く。恐る恐る寝間着の中に手を入れてみると、そこはぬかるんでいた。夢の中で射精してしまったことに、顔をしかめて舌打ちをする。

　なのに、そこから手を離すことができない。

「は、あ……っ」

　くちゅくちゅと音を立てて、手の中のものを扱《しご》く。現実の理月の喘《あえ》ぎは夢よりも慎《つつ》ましやかだったが、発情している身体の熱は変わりない。

「ああ…っ、や、ぁ…っ」

自分でしているのに、まるで誰かに犯されているような理月の声は、まだ夜明けの遠い闇《やみ》の中に紛《まぎ》れていった。


「――――寝不足ですか？」

デスクの前で、武内が気遣わしげに問いかけてくる。理月は目線をちらりと上げて彼を見ようとし、途中でやめた。昨夜《ゆうべ》の夢と、その後の自慰《じい》のせいで、彼の顔がまともに見られない。

「少しな。たいしたことはない」

武内がため息をつく気配がした。

「昨夜、早くおやすみになるように申し上げましたのに」

「眠れなかったんだ」

理月は憮然《ぶぜん》とした調子で返す。その目は、画面の中の数字を滑るように見ていた。

「社長は昔から繊細《せんさい》なところがありました」

まるで弱い、と言われたような気がして、頭の中の温度が上がる。だが、理月は努力してそれを抑《おさ》えた。

「続くようでしたら、睡眠導入剤《すいみんどうにゅうざい》を一時的に服用するのも手かと思います」

「いい。大丈夫だ」

「しかし」

「いい」

今度は少し強めの語気だった。理月の苛立《いらだ》ちを感じ取った武内は、一礼して部屋を出て行く。彼の姿が見えなくなって、理月は激しく後悔《こうかい》した。あんなふうに言うつもりではなかったのに。

就任したばかりの理月にとって、社長業というのはなかなかに激務だった。労働が長時間というわけではない。それなら、京都にいた頃のほうがよっぽどだった。

重責と、慣れない仕事が理月を追い立てていく。秘書達は褒めてくれるが、実のところ理月はいっぱいいっぱいだった。祐源はこの仕事を、どうやってこなしていたのだろう。経験が圧倒的に足りない。だが、そんなふうに思われるのは嫌だった。水面下で必死で足を動かしている鳥のように、理月はなんでもないふうを装《よそお》って仕事を続ける。

けれどそんな努力も、理月を裏切った。

社長に就任して三ヶ月、最初の数字が出た。

「――……」

画面に出てきた数字を見て、理月は呆然《ぼうぜん》とする。前年比マイナス五パーセント。それが理月に対しての最初の評価だった。

「このくらいの数字はすぐに取り戻せます。クリスマスに年末年始も待っていますから」

「……そうだな」

肩を落とす理月を、マティスが励《はげ》ましてくれた。そんな彼に小さく笑って答えながら、理月は原因を探すことを止《や》められない。

まだ最初の一期。わかってはいるが、自分はただでさえ若いということで注目されている。それなのに結果を出せなかったら、それ見たことかと言われるのではないだろうか。自分を信じて会社を任せてくれた祐源にも失望されてしまうかもしれない。やはりあの母親の子だと、男を食い物にするほうが向いているのだと思われてしまうやもしれない。そんな思いが頭の中をぐるぐると回る。

――何故《なぜ》だ。何が悪かった。いったいどう改善《かいぜん》すればいい。

考え込む理月だったが、思考が悪い方向へと行ってしまう。自分はやはり、社長の器ではないのでは、とまで思い詰めた。そして、その間にまた『あの夢』を見てしまう。

誰にも言えずに一人ぎりぎりのところに立っている理月は、秘書達から見てそれとわかるほどに追いつめられていたらしかった。

そんなある日、理月が泊まりがけで仕事をしようと残っていた時だった。見かねたマティスと後藤が、社長室に入ってくる。

「上の者が帰らなかったら、下の者が帰りづらいですよ」

「もうみんな帰っているじゃないか」

「俺達が帰らせたんです」

マティスの言葉に素《そ》っ気《け》なく答えると、後藤が呆《あき》れたように続けた。

「最近、根を詰めすぎですよ。ほんの少し数字が落ちただけじゃないですか。次に挽回《ばんかい》すればいいんです」

「もし、次の数字も悪かったら⁉」

理月の声に、二人は言葉に詰まる。

「……悪かった」

力なくため息を漏らし、ネクタイを緩《ゆる》めた。その喉元《のどもと》に彼らの視線が釘付《くぎづ》けになっていることに、理月は気づかない。

「わかっている。社長はこんな時にはどんと構えているべきなんだって。ほんの一回数字が下がったからといっていちいちこんなふうになっていたら、きっと身も心も持たないだろう。この仕事は、俺にはまだ早かったんだ」

理月はふう、と椅子《いす》に身体を預《あず》けた。白い喉が露《あら》わになる。

「すまないな。君たちを失望させてしまった」

「……いえ」

押し殺したような声は、二人のうちどちらのものかはわからない。疲《つか》れのせいか、身体が熱くなっているのを自覚した。もしかしたら今夜あたり、またあの夢を見てしまうかもしれない。

「……ひとつ、提案があるのですが」

マティスの声に、理月は軽く閉じていた目を開けた。すると、彼らがいつの間にかすぐ近くに来ていることに気づいてぎょっとする。

「社長はもっと、肩の力を抜くべきです」

「そんなことはわかっている」

「その方法がわからないと？」

後藤の問いに、不承不承《ふしょうぶしょう》頷いた。彼らは互いに目配せして、小さく頷きあう。

（なんだ――――？）

妙な感じを覚えた理月は、椅子から腰を浮かしかける。何故なら彼らが醸し出す空気は、祐源が粘《ねば》ついた視線で理月を見る時のものとよく似ていたからだ。

「俺達とセックスしましょう、社長」

「――――は⁉」

「いや、ストレートに言い過ぎでしょう、マティスさん！」

「俺半分アメリカ人だから、こういう言い方になるんだよね」

「都合のいい時だけアメリカ人にならないで下さいよ」

目の前で繰り広げられる会話を、理月は呆然と聞いていた。今の言葉は聞き間違いだったのだろうか。あんな夢を見るから、卑猥《ひわい》な言葉にとってしまったのだろうか――――。だが、それが聞き間違いではないことはすぐに証明《しょうめい》された。

「社長は多大なストレスを抱えていて、気持ちに余裕がない状態です。それはいいですね？」

「ま……まあ…、うん」

他人に指摘《してき》されるのは抵抗があったが、マティスの妙な説得力に、理月は思わず頷いてしまう。

「セックスの快楽《かいらく》は、精神を解放させてくれます。これは科学的な事実です。実際、ハグをするだけでも、ストレスの三十パーセントほどは解消されるとか」

「いや……でも……だからって」

詭弁《きべん》だとは思っていても、理月には思い当たる節《ふし》がある。淫夢《いんむ》を見るのは、常にストレスが溜まっている時だ。つまりそれは、理月の精神が防衛機能として淫夢を見させ、ストレスを解消させようと働きかけているのではないか――――。それは薄々《うすうす》思っていたことだ。

「後藤、行け」

「……うす」

マティスの指示で、後藤が理月の背後に回り、その鍛《きた》えられた両腕で抱きしめてくる。

「失礼します」

「あ、な、何を……！」

「どうだ後藤、社長を抱きしめた気分は」

「……めちゃくちゃ、いい匂《にお》いです」

「ちょっ…と、待て!!」

理月はそのまま引きずられて行き、革張《かわば》りの大きなソファに押し倒された。

「おいやめろ！　こんなことをして、どうなるかわかっているのか?」

「どうなるんです?」

マティスの顔が、ずい、と近づけられる。明るい緑色の瞳が理月を射抜《いぬ》いた。

「俺達をクビにしますか?　そうしたら俺、ハローワークで、『社長とエッチしてクビになりました』って言いますけど」

「う……、脅迫《きょうはく》、するつもりか…！」

「まさか」

マティスの指先が、理月の顔に乱れかかった前髪をそっとかき上げた。

「言ったでしょう。提案だって。悪いようにはしません。俺、うまいですよ?　今まで抱いた子、全員ヒーヒー言って失神してましたから。こいつだって、見かけはこんなんですけど、なかなかなもんですし」

「こんなのは余計ですよ」

後藤は理月の頭のほうから手首を摑《つか》み、起き上がれないように固定している。すぐにマティスの手がベストの釦《ぼたん》を外してきて、彼らが本気なことを思い知った。

「だ、だめだ…！　ほんとに、駄目《だめ》だ！」

もしも彼らと事に及《およ》んでしまったら、自分がとんでもない淫乱《いんらん》だということがバレてしまう。

そうなったら、彼らに呆れられてしまうかもしれない。

知らずに涙《なみだ》ぐんでしまった理月に、マティスと後藤は魅入《みい》られてしまったような表情をする。

「可愛いですよ、社長」

顎《あご》を取られる。

「あっ」

口づけられてしまう。そう思った時だった。勢いよくドアが開く音がして、誰かが息せき切って飛び込んでくる。

「お前ら!!」

――武内!!

助かった、理月は心で胸を撫《な》で下ろした。こんな姿を見られてしまったのは恥ずかしいが、彼が来てくれたらもう安心だ。

「お前達、何をしている！」

「何っ…て」

マティスが理月の上から退く。彼は悪びれずに武内に向かって言った。

「武内課長がいつまで経っても動かないから、俺達が先に手を出してしまったんじゃないですか」

「……っ！」

武内が僅かに動揺したような表情を浮かべる。どういうことなのか、理月にはよく理解できなかった。

「武内課長」

後藤が理月の手を離す。彼は立ち上がり、武内に告げる。

「武内課長が社長のこと好きなのは、俺知ってましたよ」

「……言うな」

理月が瞠目《どうもく》する前で、武内はばつが悪そうに目を逸らした。

「武内さんは、社長をお慰めする勇気がないんですか」

「――――黙れ！」

武内が鋭《するど》い声を上げる。彼がこんなふうに声を荒《あら》げるのを、理月は聞いたことがない。

「お前に何がわかる、後藤」

「わからないですよ。でも目の前で社長が苦しんでいるのに、見ているだけですか」

武内の拳《こぶし》が身体の横で握《にぎ》りしめられるのがわかった。

「……武、内……？」

理月は起き上がり、彼の名前を呼ぶ。すると武内がゆっくりと理月のほうに顔を向け、こちらを見つめた。

「――――」

その時の彼の目の奥に、鋭い光が見えた。ほの暗い熱量をたたえたそれが理月を捕《と》らえる。まるで見えない縄《なわ》に縛《しば》られるように動けなくなった。

「社長――いや、理月さん」

名前で呼ばれ、びくん、と身体が反応する。さっき、後藤はなんと言ったか。武内が自分のことを好きだと、そんなふうに言っていなかったか？　聞き違いか？

「ずっとあなたに、邪《よこしま》な想いを抱いていたことをお許しください」

「そ――」

そんなこと、ない。

そう言おうとしたが、声が掠《かす》れてうまく言えなかった。

「俺は、ひどい男なので――、あなたのことを傷つけてしまいそうで、この気持ちをないことにしようとしました」

「武内はひどい男じゃない」

理月は訴《うった》えるように告げる。武内は答えず、優しく笑うだけだった。

「こうすることは、俺達の間で決められていたことなんですよ」

彼は理月の側にかがんで、指先で頬を撫で下ろす。そうされると、背中がぞくぞくとわななかいた。

「……っ、お前だって、俺のこと、知らない」

「え？」

怪訝《けげん》な顔をする武内に、理月は自分の秘密を明かすことにした。彼が告白をしてくれたから、自分も打ち明けなければならないと思った。度々《たびたび》見る淫《みだ》らな夢。それは自分が、欲望に負けてしまう本性を持っているからだと。

「ずっと前から、すごくいやらしい夢を見る。父は、俺の母の血がそうさせているんだと言った」

「理月さんが？　いやらしい夢を？」

確認され、理月は頷く。顔が内側から熱くなってくるのがわかった。

「……それは、どのくらいいやらしい夢なんですか？」

彼の声が低くなる。それはまるで、理月の心の底を引き出そうとするような響《ひび》きがあった。

「……言わないと駄目か？」

「教えてください。あなたのストレスに関係していることかもしれないので」

至極《しごく》真面目に答えられると、こちらも言わなければいけないような気になってしまう。

「……夢の中で、身体を動けなくされて…、何かが、俺の身体をあちこち弄《いじ》って」

武内の手が、理月の手を握った。先を促《うなが》されたようで、恥ずかしい告白を続ける。

「どうせ夢の中だからって、……すごく、恥ずかしいことを口走って、それで、何度もその……、イって」

話しているうちに、理月の身体が熱を帯びてくる。こんなことを言って興奮《こうふん》する自分は変態だ。理月は耐《た》えきれず、両手で顔を覆《おお》った。

「俺、やっぱり変だ。そうだろう?」

「理月さん」

武内の手が理月の髪を撫でる。他にも肩や腕を撫でてくる手があって、それはマティスと後藤なのだと気づいた。

「まったく変ではないです。ただ、あなたにはケアが必要です」

「……ケア?」

おずおずと顔から手を離し、武内を見る。彼は諭《さと》すように理月に話した。

「あなたは重責のためにひどく抑圧《よくあつ》されていて、それでそういった夢を見るのだと思います」

「……マティスも言っていた。セックスして発散させることが大事だって」

「こいつの言い方はどうかと思いますが、まあそういうことです」

武内の横で、マティスが肩を竦《すく》める。

「発散できたら、俺はちゃんとやれるか?」

「今もちゃんとやれてますが、気持ちは安定すると思います。……俺一人でそれをやれないのは、気に入りませんが」

私情を出すような武内の言い方は、理月の胸の裡をくすぐった。ずっと前から想いを寄せていたという武内が、好きだと言ってくれた。マティスと後藤も真剣に心配してくれている。そうであれば、別に構わないと思うのは、いけないことだろうか。

「悪いことだよな――――、こういうの」

「かもしれません。ですが」

次の瞬間、武内は理月を強引にソファに押し倒した。

「今は、そういったことは『くそくらえ』、という感じです」

「たっ…、んっ!」

武内に口づけられ、理月は言葉を封《ふう》じられた。彼の熱い舌が歯列をこじ開けて、口中に入ってくる。敏感《びんかん》な粘膜《ねんまく》をぞろりと舐め上げられると、腰から背中にかけて撫で上げられたような感覚が走った。

(武内にキスされている)

そう思うと、全身がカアッと燃え上がるようだった。舌を吸《す》われる度に、腰がびくびくと震えてしまう。

「ん、ん…っ、ふぅ、あ…っ」

ようやっと解放された時には、目尻に涙が浮かんでいた。彼はその目元に口づけて、理月の涙を吸い取っている。

「理月さん」

武内の声が、耳元で低く響いた。

「……いいですね？」

身体には、もう少しの力も入らない。これ以上の抵抗は、理月には無理だった。

「……」

理月はこくりと頷き、男達に身を委《ゆだ》ねる。

これから悪いことをするんだ。

いつも仕事をしている会社で、自分を支えてくれている秘書達と。

けれどその後ろめたさは、理月を官能《かんのう》に震《ふる》わせるのだった。


「あっ、やっ、はあっ、あっ…！」

煌々《こうこう》と明かりのついた社長室で、理月はソファの上で背中を仰《の》け反《ぞ》らせた。上等なスーツは剝《は》ぎ取られ、ほとんど裸《はだか》にされて、男達の愛撫《あいぶ》にひっきりなしに喘《あえ》いでいる。

「ああっ、そんな…っ、いっぺん…にっ」

乳首はマティスに舐められ、舌先で転がされていた。時折そっと歯を立てられる感触は、夢とそっくりだった。

「あっ、か、噛んだらっ…、あぁぁんっ」

歯を立てられた後に優しく舐め上げられると、全身がぞくぞくする。もう片方は指で転がされて、乳暈ごと揉《も》まれたり弾《はじ》かれたりすると、甘い痺《しび》れが走った。

「社長、噛まれるのお好きなんですか……？　もしかして虐められるの好きだったりします？」

「あ、ち、ちが…っ、んう、ううっ」

マティスの言葉に、身体が燃え上がるほどの羞恥に苛《さいな》まれた。

じゅう、と音を立てるほどに吸われて、刺《さ》すような快感が走る。理月は耐えられずに思わず声を上げた。

（信じられない、こんな――）

三人の男に抱かれ、理月の身体は初めてとは思えないほど敏感に反応した。広げられた脚の間は、肉茎が苦しそうに張りつめて勃起《ぼっき》している。そのそそり勃つものを、後藤が優しく指であやしていた。

「はあっ……、ああっ…」

もどかしい快感がじくじくと湧《わ》き上がる。後藤の指戯は、その外見からは意外なほど繊細で、巧《たく》みだった。時折、先端《せんたん》の切れ目をくすぐっては、理月に高い嬌声《きょうせい》を上げさせる。蜜口からは愛液がとぷとぷと溢れ、零《こぼ》れていた。

「まだ出さないで下さいね、社長」

「うっ……あっ」

後藤は理月にあまり強い刺激を与えないように加減している。理月が焦《じ》れったさに悶《もだ》える様子を楽しんでいるような節があった。こんなに実直そうに見えるのに、性癖《せいへき》は見かけによらないのかもしれない。だが、理月とて、普段はセックスになど興味ないように振る舞っている。そんなことをぼんやりと考えていると、ふいに体内を抉《えぐ》るような快感が襲《おそ》ってきた。

「ああ、んうっ」

理月の下半身のもっと奥、双丘の狭間《はざま》の後孔に、武内の指が挿入《そうにゅう》されている。彼の指は、理月の中を丹念《たんねん》に解すように動いていた。ヒクつく媚肉を擦《こす》り上げられて、ちゅくちゅくという音が出る。

「ああっ…、ん。くう…っ、や、そんな、音、立てな……っ」

「どうしてです。可愛らしい音ですよ。俺の指を一生懸命《いっしょうけんめい》食べてくれている」

中で指を少し曲げるようにして虐められた。その場所は理月の弱いところで、下腹から快楽がじゅわじゅわと湧き上がるのを止められない。

「あ…あ、あ――――っ」

　身体の感じる場所をすべて責められて、理月は大きく仰け反った。冷静に思えば、とんでもないことをしているというのに、頭の中が沸騰《ふっとう》して何も考えられない。

「理月さん、気持ちがいいですか？」

　武内の指が身のうちでくにくにと動く。足先がびりびりと痺れ、理月は指の関節を噛んで耐えた。

「あ、あふ、う…っ、きもち、い……っ」

　身体が望むままに、武内の指を思い切り食い締める。

「そろそろ限界って感じですよ」

　後藤が可愛がっている理月のものは、さっきからびくびくとわなないていた。先端の蜜口も、苦しそうに口を開けたり閉じたりしている。

「イきたいですか？　理月さん」

「んっ、ん……っ！」

　もう取り繕《つくろ》う余裕もなく、理月はこくこくと頷く。

「も、もう、我慢、できな……っ」

「じゃあ、可愛くおねだりしてみてください。そうしたら、俺達はこれから、社長のこと気持ちよくしてあげますから」

マティスが意地悪《いじわる》なことを言う。理月は嘆《なげ》くようにかぶりを振ったが、結局は肉体の欲求に勝てなかった。

「…い、イかせて、くれ…っ、頼む、から…っ」

卑猥な言葉を口にした途端《とたん》、興奮が増大するのを感じた。

「ああ、俺もう我慢できないです」

後藤が、まるで自分のほうが辛抱《しんぼう》たまらなくなったように、理月のものを口にくわえ込む。

「んん、ひうっ！」

鋭い快感が脳天まで突き抜ける。腰骨が灼けつくような快感に、理月は悲鳴を上げ、尻を浮かせた。

「ああっ、で、る、んぅぅうああっ」

腰の奥で快感が弾け、後藤の口の中で白蜜を噴《ふ》き上げる。後藤はそれを、ためらいもなく飲み干した。

「あ、うう、あっ…！」

はあはあと息をつきながら、激しい余韻《よいん》に身を任せる。すると、マティスが後藤に感心したように言っている声が聞こえてきた。

「いやあ、お前思い切りいいねえ。それ、前にも飲んだことあるの？」

「いや、初めてですよ」

そっと目を開けると、後藤が口元を拭《ぬぐ》っているのが目に入る。射精したことで少し理性が戻ったのか、今更《いまさら》ながらに恥ずかしさが湧《わ》いてきた。

「でも、何か自然にできたっていうか、社長のだったからだと思います」

「言うねぇ」

理月が固まっていると、それに気づいたマティスがにやりと笑う。

「どうでした？　イかされた感想は」

「……気持ち、よかった……」

「では、今度はあなたをいただいていいですか？」

武内が理月の両脚を抱えた。彼と目線が合って、理月の心臓がどきどきと脈打《みゃくう》つ。

「……いい」

彼と繋《つな》がる。そのことが、理月の判断力を奪《うば》った。現実には男のものを受け入れたことはないが、武内が最初なら、いい。

「力を抜いていてください」

言われずとも、もう身体に力など入らなかった。彼が解してくれた後孔に、いきり立ったものが押しつけられる。熱い、と思った瞬間に、それが慎重《しんちょう》に、だが容赦《ようしゃ》なく押し這入《はい》ってきた。

「ああ、くううっ…！」

夢では幾度《いくど》となく受け入れたモノだけれど、やはり初めては息が止まりそうになる。

「つらいですか？　社長」

マティスが手を握ってくれた。優しく口づけをされて、わずかに身体の力が抜ける。すると、後藤が理月の肉茎を、また柔《やわ》らかく愛撫した。マティスにも乳首を撫で回されて、徐々に違和感が駆逐されていく。

「っ、あ、あぁあ……っ」

武内のものがずぶずぶと奥まで這入ってきた。するとめいっぱい押し開かれた内部で、ずくん、とした愉悦《ゆえつ》が生まれる。理月の喉がひくりと震えた。

「……気持ちよくなってきましたか？」

「……ったけ、うちぃ…っ」

武内の額《ひたい》には汗《あせ》が浮かび、シャツからのぞく首元が上気している。彼も理月の身体で快楽を得ているのだ。そう思うと、後ろがひくひくと収縮《しゅうしゅく》した。

「んんっ、んっ、あっ、なんか、変…っ」

「これからもっと気持ちよくなります。まかせて下さい」

武内は腰を少しづつ揺らしていく。その間も理月の身体には、指や唇がいたるところに這わされていた。その快感が慣れない挿入を身体に馴染ませていく。

「あっ、んふ、くぅ…うっ」

びくびくと身体を震わせ、何度も仰け反って、理月は次第に身体中を侵《おか》す快楽に溺《おぼ》れていった。内側と外側の両方を責められ、可愛がられて、上がる声も止まらなくなる。挿入されている肉洞は、いつしかはっきりとした快感を覚えるようになった。それは夢の中とは比べものにならないくらい強烈《きょうれつ》で、生々《なまなま》しいものだった。

「あっ、あっ、あっ！」

(な、か、すごい)

理月の様子を見ながら動いていた武内も、大丈夫そうだと判断したのか、次第に律動《りつどう》を大胆《だいたん》にしていく。生まれて初めて味わう奥での快感に、理月は我を忘れて喘いだ。

「あ――――…、あっ、あぁぁあ…っ」

「理月さん…、どのあたりが、気持ちいいですか？」

「あっ、はっ、わ、わからな…っ」

擦られる粘膜はどこも感じるような気がする。その中でも特に感じる部分はあるような気がするのだが、とても口には出して言えなかった。

「では、俺が探して差し上げます」

武内の目は、征服《せいふく》する雄の目そのものだった。彼でもこんな目をするのだ。それを思い知って、中がきゅうきゅうと彼を締めつける。

「んんんっ、ああっ！」

武内の動きが理月の中を探るようなものに変わり、内壁を捏《こ》ねられるような快感に喘いだ。

すると下腹が蕩《とろ》けそうな感覚に見舞われて、理月はかぶりを振って啜《すす》り泣く。彼の張り出した部分がそこを擦っていくのが、泣き出したくなるほど気持ちがいい。

「ああっあっあっ、そ、こぉ…っ！」

「まずはここですね……、たっぷり虐めてあげましょう」

ずちゅ、ずちゅ、と泣き所を責められると、身体が浮き上がりそうな感覚に襲われた。

「ああ――――っ、や、はっ、ぁあぁあんん…っ！」

体内で恐ろしいほどに快感が膨《ふく》れ上がる。マティスと後藤に可愛がられている乳首も、肉茎も、いやらしく濡《ぬ》れてそそり立った。

「んくぅうっ、ううっ、あ、い、イき…そ…っ」

「俺もです。あなたの中が、すごく吸いついてくる…っ」

武内の律動が次第に速く、大きくなる。もはや手加減もなしに奥を突かれ、理月の下腹が痙《けい》攣《れん》した。

「ふ――――、あ――――あ！」

ビクン！　と上体が跳《は》ねる。強烈な快楽の波が体内から込み上げ、大きく弾けた。意識が白く染まる。

「あぁぁぁあっ！　～～～～っ！」

絶頂に達した理月の内壁が武内を強く締め上げ、道連れにした。

「……ぐっ、理月さ……！」

彼は低く呻《うめ》いて、理月の中にその迸《ほとばし》りを叩《たた》きつける。それにさえ感じてしまって、理月はまたイってしまった。

「くぅ、んうぁあ…っ！」

この世に、こんな快感があったのか。

信じられないような体験に、理月はしばし呆然とした。すると覆い被《かぶ》さってきた武内が理月に唇を重ねてくる。

「んん、うん…っ」

熱烈《ねつれつ》に舌を吸われると、また下腹が疼《うず》いてきた。体内に入ったままの彼を、イったばかりの内壁がひくひくと締めつける。

「素晴らしかったです」

顔にいくつもキスを落とされ、理月はくすぐったさに身を竦めた。初めてとは思えないほどに感じてしまって、今更ながら羞恥が込み上げてくる。

「俺、こ、こんな……っ」

自分はとんでもないことをしでかしてしまったのではないだろうか。そんな思いに駆《か》られていると、武内がそっと髪をかき上げてきた。

「大丈夫です」

「武内……」

「罪《つみ》は全部俺達が……俺がかぶります。あなたを、陵辱《りょうじょく》し尽《つ》くすことをお許し下さい」

「そこは俺達にしておいて下さいよ、課長」

後藤が口を挟《はさ》んでくる。

「責任はみんな一緒ですよ。ここまでしたらもう後には退《ひ》けないんですから」

「そうそう、俺達みんな共犯です。社長も、いいですよね？」

マティスの言葉に、理月は武内をおずおずと見つめた。会社で自分の部下達とこんなことをして、許されるはずがない。けれどこの快感は、理月にとって手放せない予感がした。

「武内課長、いつまで挿《い》れっぱなしにしているんですか。いい加減抜いてくださいよ」

マティスの声に、武内はハッとしたような表情をして、それから苦笑する。

「すみません、理月さんの中があまりに心地よいので……、ずっと、繋がっていたい気分です」

武内が腰を引くと、ずる、と内壁が擦れて男根が出ていこうとした。

「んあ…っ」

引き抜かれる感触に声が出てしまう。身体の中にぽっかりと空洞ができたみたいだった。ここを、みっしりと埋《う》められていたのだ。

「そんな顔をしないでくださいよ。次は俺が挿れてあげますので」

ひどくにこやかな顔のマティスに抱き寄せられる。

「……なんでそんなに嬉《うれ》しそうなんだ？」

「ええ？」

彼は心底驚《おどろ》いたような顔になった。このくるくる変わる表情は、やはり帰国子女ならではなのだろうか。

「そりゃあ、社長とこんなことできるからですよ」

後ろを向かされ、背後から抱きしめられる。彼の腰の上に抱き上げられた。

「こんなに綺麗な子とセックスできるなんて、夢のようだ」

「あっ」

尻の間に、熱いものが押しつけられる。凶器の先端が肉環に押しつけられ、ずぶりと這入ってきた。

「あぁあっ……、は、あ…っ！」

理月のそこはとても覚えがよく、上手に男を呑み込む。

「もう少し力を抜いて……、そう、奥まで咥《くわ》えられましたね」

武内のものとは微妙《びみょう》に違う男根が、肉洞の奥まで入っている。それだけで内壁がじんじんと疼く感覚が込み上げてきた。

「……っう、は…あ……っ」

マティスの膝の上で、理月は仰け反ったままぶるぶると震えた。そんなふうにぎりぎりのところで耐えている理月に、更なる仕打ちが襲いかかる。マティスは背後から理月を貫《つらぬ》いた姿勢で、そのままソファの上に横たわったのだ。

「うぁああっ」

体勢によってマティスの男根が違う所に当たる。異様な快感に襲われた理月は、下から貫かれた仰向けの姿勢のまま、ろくに動くことも出来なかった。そしてそんな理月の両脚を、マティスは大きく開く。

「そらっ、ご開帳――――！」

「ああぁっ」

股間を大きく広げられてしまい、恥ずかしい場所が露わになった。理月はどうしていいのかわからずに狼狽《うろた》える。しかも、そのままずちゅずちゅと突き上げられてしまい、羞恥と快感に啼泣《ていきゅう》した。

「やっ、あ――――…っ、あっあっ、こ、これだめ、だめぇ…っ」

目の前には武内がいる。こんなあられもない姿を彼の目に晒《さら》しているのかと思うと、恥ずかしくて身体が弾けそうだった。なのに身体はどんどん熱くなっていく。理月の股間のものは再び勃《た》ち上がり、マティスの律動につられてゆらゆらと揺れていた。

「っ、あっ、あっ！」

すると、武内がその肉茎にそっと触れ、顔を伏《ふ》せていく。まさか、と思った次の瞬間、ぬるり、と熱く濡れた感触に包み込まれた。

「あああああっ」

鋭い刺激が身体を駆け抜けていく。後ろに入れられたまま前を口淫され、酷《こく》なほどの快感が身体中を駆け回った。

「ああっ、そんなっ、そんなぁ……っ」

「まだ、もういっちょありますよ、社長」

後藤の指で両の乳首を摘《つ》ままれ、こりこりと弄《いじ》り回される。むずがゆいような、くすぐったいような感覚に見舞われ、理月はもうひとたまりもなかった。

「ふあぁ、あぁあぁあ……っ」

肉洞をぬぷぬぷと穿《うが》たれ、陰茎を思うさましゃぶられ、乳首を嬲《なぶ》られる。身体中が気持ちよくて、どうやって快感を逃がしたらいいのかわからない。凶暴な波が、内側でどんどん大きくなり、今にも理月を呑み込もうとしていた。

「ん、んぅ、んんんっ……！」

ふいに顎を摑《つか》まれ、マティスに嚙みつくように口づけられる。舌根が痛むほどに激しく吸われて、頭の中が沸騰した。すると陰茎にねっとりと舌が絡みつき、強く弱くねぶられる。

「あ、は、ああんん……っ！」

腰骨が灼けつきそうな快感に、マティスの腕の中で仰け反った。

「……っは、武内課長がやきもち焼いてますよ、社長」

「……あ、んんっ…？」

快楽と興奮で呆然となり、何を言われたのかよくわからなかった。だが、ちらりと俯《うつむ》くと、武内が口淫したままこちらを見つめている。裏筋《うらすじ》をゆっくりと舐め上げる様を見せつけられ、ぞくぞくと震えが走った。

「社長、すげえ、エロいですね…。乳首ももう、こんなに尖《とが》って」

後藤が感嘆《かんたん》したように呟《つぶや》く。乳暈をくすぐられ、突起《とっき》を弾くように愛撫されると、理月はもう声も出せずに背を反らす。

「〜〜っ、〜〜っ！」

「いっぺんに責められて、気持ちいいですか？　俺もそろそろ本気でいきますよ…、そらっ！」

マティスに下から、ずうん、ずうんと突き上げられて、脳天まで突き抜けるような快感が走った。媚肉が擦られて、引き攣《ひきつ》れるような快感が広がる。

「あっ…はっ…、あっ、あっ！　……きもち、い…っ！」

淫らな言葉を垂れ流し、理月はまた絶頂への階段を駆け上がる。前と後ろの快楽が混ざり合い、身体のあちこちで快感が弾けた。

「ふ、あ――――あ、んぁあぁあぁ……っ」

いとも簡単に達してしまう自分の身体に呆れながら、それでも理月は欲望に溺れる。内奥に

マティスの白濁《はくだく》を感じながら、武内の口中に自身の蜜《みつ》を吐き出す。

「う、ああ……、あ……っ」

余韻は激しく、長く続いた。武内に名残惜《なごりお》しげに肉茎に舌を這わせられるのがくすぐったくて、内腿《うちもも》がひくひく痙攣してしまう。

「ふう……、たっぷり出してしまいましたよ」

マティスのものが抜かれると、後孔から二人分の白濁が溢れた。

「……っう、あっ」

もう身体がじんじんして、指先を動かすのも億劫《おっくう》だった。だが、まだ終わらない。後藤が理月の肩を掴む。ソファの前のテーブルに両手を突かされると、後ろから腰を掴まれた。

「すごいな。どろどろだ……」

理月の後孔は、さんざん犯されて、熟《う》れて濡れて、蕩けていた。男の精を滴《した》らせる肉環がひくひくと収縮している。

「あ、あ」

こんな状態のところに入れられたら、きっともう変になってしまう。けれど抗《あら》うことはできなかった。

「もうすっかり気持ちいいの覚えてしまったみたいですね」

ずずっ、と音を立てて、後藤のものが入ってくる。彼の言うとおり、そこはもう念入りに突き上げられ、捏ね回されて、完全に感じる器官となってしまった。後藤の張り出した部分でこじ開けられると、腰からのぞくぞくが止まらない。

「あ、あ……は」

テーブルについてる両腕が力を失い、理月の上体がガクリと伏した。肘《ひじ》をついてしまい、腰が高く上げられた状態になる。

「理月さん」

武内がそんな理月の頭を撫でた。

「もう少しがんばって、俺達を受け入れてください」

「ん――――んん」

武内に励まされて、理月は後藤を呑み込もうとする。無意識に腰が揺れ、タイミングが合ってしまって、根元まで受け入れてしまった。

「あ、あ…あっ、来たあ、あ…っ」

「うあ、すごい…、吸い込まれそうだ」

立て続けに挿入され、理月は息も絶え絶《たえだ》えだった。だが濡れそぼつ肉洞は後藤を受け入れ、抽送《ちゅうそう》するそれに絡みついていく。

「ああ…っ、ふ、くぅうんっ……、あぁ…は」

テーブルに身体を伏せている理月の左右に武内とマティスが腰を下ろし、労《いたわ》るように髪を撫でられたり、背中に指を這わされた。身体の敏感な部分に触れてくる彼らの指の感触も、挿入の刺激と混ざり合っておかしくなりそうだった。

「あ、や、あぁっ……、あうぅ」

この行為が始まってから、理月は常に三人の男から快楽を与えられ続けている。後ろを犯され、感じる場所を同時に刺激され続けて、もう我に返る暇《ひま》はほとんどない。それどころか理性はどんどん削《けず》れ、ただ快楽を求める本能だけが剝《む》き出しになる。自分でも認めていなかった淫《いん》蕩《とう》さ。それが理月の本性だった。

「んっ、ひぃいっ」

ずん、と奥まで突き上げられる。駄目になる場所にぶち当てられ、全身がびりびりと痺れた。

「あ…っ、あ――――…っ、だ、め、も、立って、られな……っ」

がくがくとわななく膝《ひざ》が、がくりと折れる。だがその瞬間、後藤の膂力《りょりょく》で腰を摑まれ、強引に引き上げられた。

「支えていますから、もう少しがんばってください」

そんなことを言われても、理月は足の先まで痺れ切っている。おまけに、必死で身体を支えようとしても、横からマティスの指が股間のものを優しく弄《もてあそ》んでいるのだ。

「あっ、あっ、そこ、触る…な…ぁっ」

「ぐっしょり濡れているじゃないですか。一度に責められたほうが気持ちがいいでしょう？」

理月のものは先端から愛液を滴らせ、マティスが上下に擦る度にくちゅくちゅと卑猥な音を立てた。

「あぁあ、ふぁああっ」

「……マティス」

武内が咎《とが》めるようにマティスを呼んだが、彼はせせら笑うように返した。

「ここまできて、今更何言ってるんですか。だいたい俺達の中じゃ、武内課長が一番やばい奴でしょう」

「……」

武内とマティスが何か言っている。だが、理月にはその内容が頭に入ってこなかった。

「……そうかもしれないな」

武内が低く呟いた。どこか痛みを抱えているようにも聞こえて、理月は震える手を上げ、彼に伸ばす。

「た、たけうち……っ」

「――――理月、さん」

理月の手が握られる。今の理月は衝動《しょうどう》と欲求だけで動いていた。キスして欲しくて顔を上げると、深い口づけが襲ってくる。

「んふぅ、んんん、んん……っ」

犯され、愛撫され、舌を吸われて、理月は肉体がはち切れそうなほどの興奮と快感に悶える。後藤の動きに合わせて腰を揺らし、マティスの指戯に応えて蜜を零した。そして武内との口づけで恍惚《こうこつ》となり、彼の舌を夢中で吸い返す。

「くっ、やべ…っ！」

思うさま締め上げられた後藤が、限界とばかりに激しく突き上げてきた。

「んううんっ！　ああぁあっ！」

強烈な快楽に、口づけから逃《のが》れて、理月はあられもない声を上げる。中にいる後藤をきつく締め上げると、双丘を乱暴《らんぼう》にわし摑みにされ、思い切り射精された。

「あっ、あ――――…っ！」

腹の奥が男達の精液で満たされる。もしも理月が女だったら、きっと孕《はら》んでしまうだろうと思った。

「……っあ、あああぁあ――――……」

理月は今度こそ力を失い、倒れ伏した。まるで二日ほど徹夜《てつや》をした後のように、急速に意識が泥《どろ》の中に沈んでいく。

「理月さん」

誰かが自分の名を呼んでいる。それが誰なのかを認識できないまま、理月は思考を手放した。

「今日の役員会議は、午後二時からとなっております」

「わかった」

武内の言葉に、理月は頷いた。ふと目を上げると、社長室の景色が視界に入る。理月が座るデスクの目の前には大きな革張りのソファとテーブル。先週、理月が秘書達に抱かれた場所だ。

「……」

今思い返してみると、あれは夢だったのではないかという気持ちになる。あの後、理月は自宅のマンションの寝室で目を覚ました。きちんと寝間着に着替えさせられ、身体も綺麗にされていた。おそらく武内が運んでくれたのだと思う。

だが、内奥にははっきりと違和感が残っており、他にも濃厚《のうこう》な行為の痕跡《こんせき》が身体に残っていた。あれは決して、夢などではないのだ。

正気に戻った理月は、いったいなんてことをしでかしたのだと、ベッドの上で苦悩《くのう》した。その日は週末でもあったので、理月は土日の二日間、そのことでたっぷりと思い悩むことになる。

スマホを見つめ、武内に電話して、あれは何のつもりなのだと問いただしたい衝動に駆られた。

だが、できなかった。

怖い。という気持ちがあった。もしも彼に、あれは気の迷いですので忘れてくださいとか、たいした意味はありません。あなたも楽しんだでしょう、などと言われたら立ち直れないと思った。それは他の秘書達に対してもそうで、頼りになると思っていたマティスと後藤にあんなことをされて、彼らが何を考えていたのか、知るのが怖い。

そして恐る恐る出社した月曜日だったが、拍子《ひょうし》抜けするほど、いつも通りだった。

理月付きの秘書達は普段と同じように折り目正しく接してくれて、報告もハキハキとよどみない。

（こちらも、何もなかったように接するのが正解なんだろうか）

実のところ、理月はそれほどショックでも傷ついてもいなかった。むしろ、あの行為の前の理月はあまりよくない精神状態だったが、彼らに抱かれて、泣いて、声を上げて、何度も達して、何か憑《つ》きものが落ちたように精神が安定している。今後の会社の状況についても、冷静に考えられるようになった。そのことについて自分でもひどく驚いてはいる。

だが、自分にあんな一面があったことは、やはり恥ずかしかった。そして武内が理月に対してあのような言葉を告げたことも衝撃的《しょうげきてき》だった。

ガラスの壁《かべ》で仕切られている秘書課へと、ふと視線を投げる。

理月の秘書達は、三人ともデスクで仕事をしていた。マティスだけが電話で誰かと話している。

その時、顔を上げた武内と、視線が合った。

「――――っ」

理月はあわてて目を逸らす。視線を戻したモニターの画面に、商品開発部からのメールが開かれていた。先週の開発会議の報告だ。

『新商品の提案』

そんな文章が目に入って来た時、ふと頭の中にあることが浮かんだ。


今回の会議での新商品は、正直どれもぱっとするものがなかった。居並ぶどの顔ぶれも微妙な顔つきをしている。開発部などは冷や汗をかきつつ座っていた。

「もしかしたら今回は自社開発というよりかは、どこかの有名店に商品を監修《かんしゅう》してもらったほうがいいのかもしれませんね」

仏頂面《ぶっちょうづら》をしている理月に、部長がフォローするように告げる。理月は顔を上げた。

「ひとついいかな」

「はい、なんなりと」

理月が意見を言うつもりなのだと知って、その場にいる者の視線が集まる。

「一軒《いっけん》、推薦《すいせん》したい店がある」

理月は子供の頃、母親がよく買ってきてくれていた店の名前を上げてみた。

「銀座の檸鈴堂《ねいりんどう》――――、ですか」

「ああ、老舗《しにせ》なので、知っている者もいると思う」

何も母親との記憶があるから、という理由でその店を推《お》したわけではない。母親との思い出なら、むしろ避《さ》けてしまう。彼女の末路《まつろ》は、理月の人生に影《かげ》を落としている。

自分の特異な性癖――――、それが、母親のせいだとは思いたくはないが。

「時々行きます。さほど有名店というわけではありませんが、根強い顧客《こきゃく》が多いところですよね」

「あの店のレモンタルトを、監修をお願いしてコンビニ売りできないだろうか」

理月の提案に、会議の出席者は顔を見合わせた。監修付きでコンビニで売る商品は、名うての店が多い。ブランドのネームバリューで商品を売るという側面が大きいからだ。

「どうでしょう。歴史はある店ですけど、コンビニ売りに向いている店かと言われると、なんとも……」

「子供の頃からあの店のレモンタルトを食べているが、充分以上に市場に出せる味だと思う」

東京に戻ってきて、別の店でレモンタルトを食べたことによって、あの店の存在を強く思い出すことができた。

「確かに……」

「今度、試食会を開いてみてくれないか。私がアポを取る」

「社長自ら、ですか」

「当然だ。私が提案した店なんだから、私が行くのが道理だろう」

ひとつ目処《めど》がついて、今回の会議はそれで終了となった。理月は立ち上がり、社長室へと戻る。

（うまく行くだろうか）

わからない。だが、理月は気分が高揚《こうよう》してくるのを感じていた。難しい案件かもしれないが、自ら提案して動かすことに気持ちが底上げされる。やはり数字ばかり見ているのはよくない。ちゃんと現場を見なくては、と思い直すことができた。

「お疲れ様です」

秘書課の入り口で、マティスと顔を合わせた。

「ああ」

「聞きましたよ。銀座の檸鈴堂、なかなかいい目の付け所だと思います」

「もう聞いたのか」

会議が終わって間もないのに、内容を把握《はあく》しているマティスに驚いた。

「社内ネットにアップされた議事録を見ましたので。――――先方にアポとりますか？」

「頼む」

相変わらず仕事が早い。マティスは秘書課に戻ろうとして、一度足を止め、理月の側に戻った。周りに誰もいないのを確かめ、耳に顔を寄せる。

「元気になったようで、何よりです。やはり色々溜め込むのはよくないですもんね」

「――――っ」

あのことを言っているのだと気づき、顔が熱くなった。社長室で行われた、常軌《じょうき》を逸《いっ》したような行為。だがそのことで、理月の気持ちは安定した。

「おっと、何も気にする必要はないです。俺達は別に悪いことをしたわけではないですからね。就業時間も過ぎてましたし」

「……マティス」

「めちゃくちゃ楽しかったです。次を楽しみにしてますね。では、アポとってきます」

そう言うと彼は身軽な足取りで秘書課の自分のデスクに戻り、電話をかけ始めた。理月はため息をつくと、社長室に戻る。デスクに座ると、武内が入ってきた。

「おかえりなさいませ」

「ああ。……飲み物をくれないか」

「承知致しました」

口元に笑みを浮かべた彼は、しばらくすると戻ってきて、紅茶のカップを机に置いた。花のようなフレーバーの香りが鼻をくすぐる。

「ありがとう」

「檸鈴堂の件、うまくいくといいですね」

マティスが把握しているということは、当然、武内も知っているのだ。理月は頷き、カップに口を付ける。カチャン、とソーサーが小さな音を立てた。すると、まるでそれを待っていたように、武内の手が理月の肩に触れる。

「っ」

「理月さん」

武内が、仕事の時には呼ばない、昔の呼び方で理月を呼んだ。あの時のことを否応なしに思い出してしまい、スーツの中の肢体《したい》が、たったそれだけでぞくりと震える。

「理月さん、俺があの時、どんな気持ちでいたと思いますか」

「え……？」

そう言われて、理月が思い浮かべたのは先週のあの出来事しかなかった。今まで顔にも出さなかったくせに、突然そんなことを言われて一瞬反応ができない。

「本当は、気持ちを伝える気はなかったんです。けれどああいう流れになってしまって、あいつらだけに触れさせるのはどうしても嫌だった」

彼の長い指先が目元を柔らかく撫でていった。微《かす》かに触れられた先が、じん、と熱を持つ。理月は武内を見つめ返した。普段の彼は柔和《にゅうわ》で穏《おだ》やかなのに、今は燃える刃物《はもの》のようなものが瞳の奥に見える。彼はこんな熱さを、鋭さを隠《かく》していたのか。

「あんな俺は嫌いですか」

「――――」

理月は首を横に振った。

「あの時のこと、自分でも、どう処理《しょり》していいかわからない」

だが武内に嫌悪感《けんおかん》を抱くことはなかった。それは共に理月を抱いた、マティスや後藤も同じだった。彼らは今でも優秀な秘書だと思っているし、頼りにしている。

あの時は、認めたくなかった自分を引きずり出され、目の前に突きつけられたような気持ちだった。けれど、今の自分には、必要なことだったのかもしれないと思う。

「むしろ、お前はどうなんだ」

理月は探るような目で武内を見た。負けまいとするように。

「あんなふうに、欲求に負けて、なし崩《くず》しになって――――、俺をみっともないと、思わなかったのか」

「いえまったく」

即答《そくとう》されて、思わず戸惑う。

「とてもお可愛らしくて、自分を抑《おさ》えることに難儀《なんぎ》しました。油断するともっとひどいことをしてしまいそうで」

こんなふうに熱っぽく囁《ささや》く武内を、理月は知らない。あの時は自分もわけがわからなかったが、素面《しらふ》の時にそんな声を出されると、どうしていいかわからなくなった。

自分達は、これからどこか別の次元に運ばれていくのかもしれない。そんな気が強くした。

「先方に連絡した感触は、あまりよくなかったとマティスさんが言っていました」

次の日、理月は後藤が運転する車の中にいた。これから檸鈴堂に赴《おもむ》き、販売企画の概要《がいよう》を理月自ら説明するためである。

「まあ、想定内だ。説明して納得してもらう余地はある」

むしろ、向こうが食いついて来なかったことに、理月はいい印象を抱いていた。儲《もう》け話に易々《やすやす》と乗ってこない慎重《しんちょう》な姿勢は好感が持てる。矛盾《むじゅん》しているかもしれないが。

檸鈴堂は、ハイブランドが建ち並ぶ通りから少し離れた場所にあった。このあたりは老舗が並ぶ古い街並《まちな》みだ。車から降りた理月は、店を見上げた。

後藤を伴《ともな》って中に入ると、美しく丁寧《ていねい》に作られた菓子が品良く並んでいる。その一角に、鮮《あざ》やかな黄色いタルトが並んでいた。レモンの色味がぱっと目を引く。

出迎えてくれたのは、代を引き継いだばかりの三十代の青年だった。彼は宮本喜一《みやもときいち》と名乗った。

「失礼ですが、ずいぶんとお若くいらっしゃるのですね」

「それは宮本さんも一緒でしょう。お互いに重責を担っていること、励みに思います」

理月がにこりと笑って返すと、宮本は毒気《どくけ》を抜かれたような顔をした。もしかしたら、企業に食い物にされると構えていたのかもしれない。

理月は宮本に、商品の監修を求めていることと、自分がこの店のレモンタルトに関して思い入れがあることを話した。誠意を持って丁寧に、自分の言葉で。

「――お話はよくわかりました」

宮本は頷く。

「一度、検討《けんとう》させていただけますか」

「もちろんです」

とりあえず、考えてはもらえるらしい。理月は了承《りょうしょう》し、席を立った。あまり長居するのもよくない。

「ぜひ、いいお返事をお待ちしております」

理月の言葉に、宮本は小さく笑う。檸鈴堂を辞して車に戻ると、ほう、と大きな息が漏れた。

「お疲れ様です」

運転席に乗り込んだ後藤が、シートベルトをしながら理月をねぎらう。

「惚《ほ》れ惚《ぼ》れしましたよ。とても堂々としていらっしゃいました」

どこか嬉しそうな彼の声に、理月は少し意地悪な気分になった。

「死にそうな顔で思い詰めていた先週とは、えらい違いだと言いたいんだろう」

「本来の社長は、そうなんだと思います」

車が静かに発進する。後藤の運転はいつも丁寧だ。

「繊細で傷つきやすい社長も、俺は好きですが」

「――――」

悪びれもなく言われて、思わず憮然とする。

「……自分でも不思議《ふしぎ》に思っている。君たちにされたことは、俺を傷つけるんじゃなくて、むしろ逆だった」

「お役に立てて嬉しいです」

「調子に乗るな」

「は、申し訳ありません」

殊勝《しゅしょう》に謝《あやま》る後藤に、理月は大きく息をついてシートに身を沈めた。

「……会社がうまく回るなら、俺にとってそれ以上のことはない」

「おっしゃる通りです」

「だから、勘違《かんちが》いするなよ」

「ええ、もちろんです」

後藤の声に落胆《らくたん》や消沈《しょうちん》の響きはない。

(本当にわかっているんだろうか)

それにしても、自分の秘書達と奇妙《きみょう》な関係になってしまったものだ――――と、理月は思う。父代わりの祐源には絶対に言えないだろう。お前は会社でいったい何をしているのだと、叱《しか》られはしないまでも、皮肉《ひにく》られるに違いない。

頭の重い問題を抱えつつ、とりあえず今日は帰ったら部屋の片付けでもしようと思った。まだ開けていないダンボールがいくつかある。今週は一人の週末だ。

「お疲れ様です」

会社に到着し、理月は車を降りた。社長室に戻ると、そこには武内とマティスが待っている。

「どうした?」

「――――社長。今週末、お部屋のほうにお邪魔《じゃま》して構いませんか?」

「……えっ」

マティスの言葉に、理月はどきりとした。

「ど、どうして……」

「もちろん、先週の続きをするためです」

まるで次の仕事の予定を話す時のように言われて、動揺せずにはいられなかった。

「あ、あれって、またやらなければならないものなのか……」

「社長の様子から見るに、継続したほうがいいと思います」

武内の言葉に、理月は両手を挙げて後退《あとずさ》ってしまう。

「いや、だが、さすがに君たちを毎週拘束《こうそく》するわけにもいかないだろう」

「ご心配なく。私達は好きでやっていることです」

にこやかな微笑みが怖い。

「こんなに楽しいことって、ここ最近でなかったです」

実直そうな後藤までそんなことを言うのに、理月は頭を抱えたくなった。

――だが。

あのめくるめくような快楽を、また味わうことができる。そんなことを考えただけで、意思とは無関係に、身の内が熱くなってくるのを覚えた。

「構いませんね？」

武内が有無を言わせぬように聞いてくる。

「……まだ、引っ越しの時の片付けが終わっていなくて……」

「もちろんお手伝いしますよ。まかせてください！」

後藤に言い切られてしまい、理月は退路を断たれた。どうしようもなく追いつめられたような気分で、こくりと頷く。

それでも、完全に嫌ではないのが、困ったところなのだ。


「受付で荷物を受け取ってきます。ひとつこちらから送っておいたものがあるので」

マンションに着くと武内が受付に走っていき、すぐに段ボールを抱えて戻ってくる。

「何だ?」

「後で開封《かいふう》します」

そうか、と理月は疑《うたが》いもせずに頷いた。正直いって、これから起こるであろう出来事のことで、脳のリソースが占められており、荷物の中身を気にする余裕もない。

高速のエレベーターで上層階に到達し、ホテルライクな廊下《ろうか》を通って部屋のロックを解除する。

「――――少し殺風景《さっぷうけい》ではありませんか?」

「興味ないんだ、インテリアとか」

武内の意見に、理月は素っ気なく返す。部屋は寝に帰ってくるところだ。だから別に、生活さえできればそれでいい。本当はこんな贅沢《ぜいたく》なタワーマンションも不必要ですらあった。だが、社長に就任するからにはセキュリティを重視しろと祐源に言われ、この部屋を与えられたのだった。

「まあ、まずは食事にしましょうよ。何がいいですか？」

マティスがデリバリーのアプリを立ち上げながら言う。チキンやらステーキやらを注文し、それが届くと皆でリビングで食べた。飲み物は水しかないのが知られていたようで、後藤が色々と買ってきて冷蔵庫に詰めてくれた。

（なんだか変な感じだ）

これから、ここにいる男達とセックスをするのだ。それをみんなわかっていて、こうして談《だん》笑《しょう》しながら食事をしている。それを了承している自分もどうかしているのだ。

「さて、風呂にでも入りますか」

マティスが伸びをしながら提案する。後藤は手際《てぎわ》よく食事の後片付けをしていた。武内は、理月のスーツの上着をクローゼットにしまっている。

「いくらなんでも四人は入れないだろう」

「武内課長、そうやっておいしいところ持っていこうとして……」

武内に、後藤が突っ込みを入れた。

「俺は昔から理月さんと顔見知りだ」

「はいはい、わかりましたよ。あんまりゆっくりしすぎないでくださいね」

二人が了承したので、武内は理月の腕をとって立たせる。

「風呂に入りましょう」

「え、一緒に⁉」

「はい」

武内があまりにも当然のように答えるので、理月は一瞬呆気《あっけ》に取られた。だがその間に、浴室まで連れて行かれてしまう。

「ま、待て、武内、風呂くらい一人で入れ――――」

る、と言おうとして、言わせてもらえなかった。脱衣室のドアを閉めると、武内が唇を重ねてきたからだ。

「――――ン、う、んっ」

一週間ぶりの口づけだった。理月の身体は瞬時に燃え上がってしまって、抵抗する力を奪われてしまう。

武内の舌に敏感な口内を辿《たど》られ、舌をしゃぶられて、両の膝ががくがくとわなないた。

「……ふ、ンっ…」

じわりと涙が滲《にじ》むほど夢中にさせられ、腰の奥が熱くなる。するといきなり腰を抱き寄せられ、股間が密着した。

「っ――――！」

武内のそこは布を押し上げ、猛々《たけだけ》しく隆起《りゅうき》している。そして火傷《やけど》しそうなほどに熱を孕んでいるのがはっきりと感じ取れた。理月のものも、やはり反応を示して頭をもたげている。

「……理月さん」

押し殺したような彼の声。理月は恥ずかしさのあまり顔を逸らした。武内の指がシャツのボタンを外し、ベルトを緩めてくる。抵抗もできないままに裸にされてしまった理月を目の前にして、彼は自分の衣服を手早く脱いだ。よく鍛《きた》えられた武内の肉体を目にして、思わず息を呑んでしまう。こんな身体に抱かれていたのか。

「さあ、入りましょう」

風呂場に入り、彼がシャワーの温度を確かめる動作を、理月は手持ち無沙汰《ぶさた》に眺《なが》めていた。

「洗って差し上げます」

「じ、自分でできる」

おそらく無駄《むだ》だろうなと思いつつ、その申し出を遠慮《えんりょ》してみる。彼とは今は上司と部下の関係だが、王族のように自分の身体を洗わせるのには抵抗があった。

「何をおっしゃいます」

そしてやはり、彼は言うことを聞かない。

「もう俺は、あなたの身体で知らないところなどどこにもないのです。――――さあ、隅々《すみずみ》まで洗わせてください」

「そ…、そんないやらしい言い方を、するな……っ」

赤面した理月を見て、武内が小さく笑う。それが悔《くや》しくてならなかったが、ソープを泡立《あわだ》てた手が肌の上を滑《すべ》ってくる感触に、身体の力が勝手に抜けていった。


「あ、は、はう、う…っ」

ぬめった指先が、執拗《しつよう》に乳首を転がしている。泡にまみれた指先で突起を弄られ、理月は身体中を痺れさせるような快感に必死で耐えていた。ほんの少し気を抜いたら、膝から力が抜けてしまって頽《くずお》れそうだ。

「そ、そこ、ばっかり、も、やめ…っ」

「洗っているだけです。ここはこれから、たくさん舐められるところですから」

指先で意地悪くくすぐられる。腰から背中を、ぞくぞくと快楽の波が駆け上がった。

「ふ、く、くうう……っ」

理月の腰がもぞもぞと動く。さっきから乳首ばかり責められて、脚の間は全然構ってもらえない。腰の奥が疼いて、たまらなかった。

「あ、あうう…っ」

乳首をきゅうっ、と摘まれると、まるでそこに快楽の芯《しん》でも入っているように、胸の先から気持ちよさが広がる。ここは、こんなに敏感な場所だったろうか。

「……だいぶ感じるようになりましたね。ここだけでイけそうだ」

指の間に挟まれ、くにくにと揺さぶられる。そうされると腰の奥にはっきりと快感が繋がった。

「ああっ、やだ、そんなっ…！」

乳首が気持ちいいのと、脚の間がもどかしいのが耐えられない。浴室の壁に背中を預け、思わず喉を反らして喘いだ。理月の胸の突起はさんざん刺激され、泡にまみれながらぷっくりと膨らんでいる。まるで神経が剝き出しになっているようだった。

「そうですね。あまり時間をかけすぎると、あいつらに文句を言われそうですし」

武内の指が乳首から離れる。ほっとしながらも疼く乳首を名残惜しげに思っていると、下半身からいきなり強い刺激が来た。

「ふあぁあっ」

「こちらを洗って差し上げましょうか」

泡だらけの大きな手が前を摑み、もう片方は双丘の狭間へと指を差し入れてくる。欲しいと思っていた場所にようやっと刺激が来た。それも、前後いっぺんに。

「あっ、あ…っ、ああ、う…っ！」

くちゅくちゅと卑猥な音がする。根元から扱《しご》かれ、背後の肉環を指でこじ開けられ、震えが来るほどの快感に喘いだ。立っていられなくなり、武内の首に両腕でしがみつく。

「ああ、あっ、んんっ…！」

「……あまり、耳元で可愛い声を出さないでください。俺も我慢ができなくなります」

「っ、だっ、て…っ！」

そうさせているのは誰なのだ、と抗議したくなる。

よく滑る武内の指で先端を撫で回されると、腰が砕けそうに感じてしまって、後ろに入ってきた指をきつく締めてしまった。

「……気持ちいいですか?」

「ん、んっ、あ、…あ、ん……っ」

たちまち忘我《ぼうが》の淵《ふち》に追いつめられてしまった理月は、問われるままにこくこくと頷いた。

「ここ、お好きでしたよね」

「――――あっ！　あああ、あ…っく…っ」

先端の切れ目の部分を何度もねっとりと擦られ、腰から下が痺れてしまいそうになる。

「は、あっ、ああ…っ、い、い……っ」

好き、好き、と応えるように腰が動いた。前だけでなく、後ろも感じる場所を探るように動

かされて、気が遠くなった。

「あ、な、なか、も……っ」

「中も……、何です？　もっと動かして欲しいですか？」

耳に注《そそ》ぎ込まれる声は低く甘く、脳が蕩けそうになる。

「ん、んっ、そ、こ……っ、ああっああっ…！」

欲しい場所に指を当てられ、ぐっぐっと沈めるようにされると、腰骨がびりびりと痺れた。前がどくん、と脈打ち、先端の蜜口からとろとろと愛液が零れる。

「ああっいっ、イくっ」

イきそう、と武内の背中に爪《つめ》を立てると、深く唇を塞《ふさ》がれた。そのまま前後で濃厚に指嬲りを受け、理月はいとも簡単にイかされてしまう。

「んんっ、んんぅ―――……！」

絶頂の声は、彼の口の中に吸い取られ、理月は両膝をがくがく震わせながら達した。


「遅いですよ」

「悪戯《いたずら》しすぎ」

「すまなかった」

風呂場でイかされ、ぐったりとした身体を武内に抱えられて浴室を出ると、マティスと後藤の文句が飛んでくる。空いた浴室にすぐさまマティスが飛び込んだのを横目で見ながら、理月は寝室へと運ばれた。

「……んっ……！」

ごろん、とベッドに転がされると、背の高い身体がすぐに覆い被さってくる。両脚を割られ、さっき指で虐められた後孔の入り口にいきり立ったものが押し当てられた。

「あいつらが来ないうちに」

「はああっ……！」

ずずっ、と音がして、逞《たくま》しいものが這入ってくる。背中を伝う快感に、理月は大きく仰け反った。

「すっかり覚えましたね…っ」

奥まで収めてから、ゆっくりと動かされる。前回の行為で快楽を知った内壁が、泣きたくなるほどの快感を呼び起こした。

「っ、あっ、あっ！」

（……っ気持ち、いい……っ！）

両手をシーツに押しつけられ、入り口から奥までを何度も大胆に擦り上げられて、全身が火を噴《ふ》くのではないかと思うほどに熱くなる。

「武内、ああっ、武内ぃ……っ！」

寝室の外にはまだ二人の男がいて、彼らもいずれここに来て自分を抱く。そんな、どう考えても普通ではない状況で、理月は好きな男の名を呼び、体内を貫くものに悶えていた。

肉洞は武内を受け入れ、絡みついては締めつけてゆく。それを振り切るようにしてまた奥まで突き上げられ、身体中が痺れた。

「ああ――ああ、あ、あっ、イ、く、イく…うぅ…っ！」

「――理月さんっ…！」

次の瞬間、脳天まで響くほど奥にぶち当てられ、意識が飛ぶ。快感が込み上げ、下腹の奥で弾けた。

「んんあぁぁあぁ」

びくん、びくん、と身体が跳ねる。股間のものから白蜜を噴き上げながら、理月は達した。同時に肉洞を武内の精で濡らされ、歓喜《かんき》のため息を漏らす。

「あ……っあ……っ」

中に雄の精を注がれると、とてつもなく気持ちがいい。それが内壁に染みこみ、より感じやすくしてくれるような気がする。

「は……っ、ぁあ……っ」

満たされる。今はそのことだけがすべてだった。

「なんだ。ワンラウンド目終了ですか」

寝室のドアが開いて、マティスと後藤が入ってくる。彼らはベッドに上がると、まだ武内と繋がったままの理月の髪を撫で、唇をなぞり、口づけてきた。

「……ん…っ」

そして理月はそれを受ける。これが、自分に必要なことだからだ。

「イった直後の社長って特別に可愛いですね」

唾液《だえき》の糸を引きながら、マティスが唇を離す。その時、後藤がベッドサイドに段ボールの箱を置いたのが見えて、理月はそちらに視線を投げた。あれは確か、さっき武内がコンシェルジュから受け取っていた荷物だ。

「……それ、は……？」

「ああ、これですか」

後藤が箱を開け、中身をベッドの上に並べる。それを見て、理月は瞠目した。

縄《なわ》、手錠《てじょう》、ローションのボトル、筆《ふで》、そして淫具の数々――。

「こ、これは何だっ」

思わず起き上がろうとした理月を、武内が押さえ込んだ。まだ中に入ったままの彼のものでぐりっ、と刺激されて、声が漏れる。

「何と言われても。社長を悦《よろこ》ばせて差し上げるための道具ですよ。ネットで購入したんです」

「だ、だからって、そんなものっ……！」

まさかそんなものまで用意していたとは思わず、理月の全身を羞恥が襲った。こんなもので責められるなんて、冗談《じょうだん》じゃない。

「社長。前回よりも、もっともっと気持ちよくなりたくないですか？」

後藤が手にした道具のパッケージを開けながら告げる。

「こういうのは、的確に使うことが大事なんです。そうすれば、効果は何倍にもなる」

「お前、意外とこういうのに詳しいよな」

「まあ、色々と研究しましたから」

マティスと話す後藤は得意げだった。真面目そうに見えたのだが、その分だけ何事にも研究熱心なのかもしれない。

「悪いようにはしませんよ。痛いことはなしです」

真っ直ぐに見つめられ、理月は言葉に詰まった。彼らが自分にひどいことをしないのはわかる。少なくともそれは信頼しているからだ。それでも、つい先週までは男など知らなかった理月には、抵抗があった。

「まあ、社長がなんて言っても、するんですけどね」

「あっ……！」

ずる、と体内から武内のものが抜かれる。それが、新たな行為の合図だった。

両の手首と、足首に取り付けられた拘束具《こうそくぐ》は、内側に柔らかい布が張られたもので、かなり強く引っ張っても痛みを感じない。後藤が言ったことは、どうやら本当らしかった。

「あ、あっ…、んぁああ……っ」

だが、理月は嫌々《いやいや》とかぶりを振りながら身を捩《よじ》る。羞恥と屈辱《くつじょく》、そして正気を失うようなもどかしさと快楽が、その身を苛《さいな》んでいた。

「く、ふ、ううっ…！」

両の乳首が、二人の男の舌で弄ばれている。マティスと後藤が理月のそれぞれ左右の乳首を口に含み、執拗《しつよう》な愛撫を与えていた。

「あっ、あっ、も、もうっ…！」

「まだ始めたばかりではないですか」

武内が理月のすんなりした脚を優しく撫で上げる。その中心のものは、震えながら勃ち上がっていた。

『乳首でイってください』武内はそう言って、理月の身体をマティスと後藤に愛撫させた。

刺激に膨らみ、朱《あか》く尖った突起が、ぬるぬると唇で扱かれ、あるいは舌先で強く弾かれたりする。音を立てて吸われると、もう駄目だった。

「っあ、や、んんっ……んうっ」

乳首の快感が、下半身のそれと直結していると思い知らされた。突起を刺激される度に、股間のものがずくずくと疼く。さっき風呂場で武内にされた時のように、焦れったさが理月を苛んだ。

「社長の乳首は可愛いですね」

突起の周りの薄桃色《うすももいろ》をした乳暈を、丁寧に舐め回しながらマティスが囁く。

「もうこんなに弄られたがりなんて」

「あはぁああ」

たっぷりとお預けにされた後、舌先で転がされて、突起が甘く痺れる。それと同時にもう片方に軽く歯を立てられた。異なる快感を味わわされ、たまらずに大きく仰け反る。

「ああ、うう……っ、や、やめろ、そこばっかり、なんて……っ」

「どうしてです。乳首、気持ちいいでしょう?」

後藤の問いかけに、理月は否定できなかった。男達に弄られている二つの突起は、刺激される度に鋭敏《えいびん》な感覚器官となって理月に快楽を与える。けれどそれを受けて反応を示している股間のものには、やはり触れてはくれなかった。

「ああ……っ、そ…じゃなくて、ここ……っ」

耐えられなくなった理月は、早く触れとばかりに両脚をばたつかせる。だが足首は拘束具に繋がれているので、たいした動きにはならず、勃起した先端からあふれた愛液が肉茎を伝い落ちただけだった。

「行儀が悪いですよ、理月さん」

「あ、んんっ！」

武内がたしなめるように理月の内腿にそっと歯を立てる。それだけでも腰の奥に快感が走ってしまい、身体中がびくびくとわななないた。

「ここは、乳首でイけたら可愛がって差し上げます」

「もうすぐって感じしますけどね」

「じゃあ、早くイけるよう、がんばって気持ちよくしますね」

「あ、そんなっ、あっ、ああ――――……っ」

乳首への愛撫が更に激しく濃厚になる。乳暈ごとぢゅうぢゅうと吸われ、舌先で弾かれ、あるいはくすぐられる。

「くう、んううっ、あっ、はぁっ……んんっ！」

頭がおかしくなりそうな感覚に、理月は悶《もだ》えた。その度に拘束具の鎖《くさり》が音を立てる。

（こんな、ので、動けなくされて）

普段は理月の指示に応えて迅速《じんそく》に動く男達に、こんなふうに弄ばれている。その事実が、理月の脳を沸騰させた。それは蕩けるような高揚感だった。

「あ――――アアっ！　はぁぁあっ」

その時、これまで経験したことのない感覚が、乳首から下半身へと駆け抜ける。胸の先から広がる快感が下腹を満たして、腰の奥を甘く痺れさせた。込み上げる射精感。

「んんああ…っ！　んくぅぅうあぁっ」

腰が浮き上がる。そそり立ったものの先端から白蜜が勢いよく弾けて、下腹を濡らした。

「っあ――――…！」

理月は絶頂に達した。けれどそれは、いつものような解放感の伴わない極《きわ》みだった。確かに射精してはいるのに、肉体の芯がもの凄《すご》く切なく疼いている。

「あ、あ、変、これっ、んん、ん――――…っ」

気持ちいいのに苦しい。苦しいのに気持ちいい。理月は自分の身体がどうなってしまったのか、よくわからなかった。

こわい。それなのに、もっとして欲しい。

「……ちゃんと乳首でイけましたね」

「さすが社長。上手にできたじゃないですか」

マティスと後藤が理月を褒めそやす。理月の乳首はぷっくりと腫《は》れ、卑猥な色に充血していた。

「ここ、すごくいやらしく尖っちゃいましたね」

「あっ、あっ！」

指先でつんつんと突かれると、鋭い快感が湧き上がる。イくまで嬲り抜かれた理月の乳首は、もうほんの少しの刺激にも耐えられなかった。それなのに、二人の秘書はそんな理月の反応を愉《たの》しんでいるのか、指先で淫らに弄《いじ》り回す。その度に屹立《きつりつ》に走る快感がもどかしくてならなかった。

「ひ、あっ、あ！　や、やめ…っ」

ずくずくと響く快感が肉茎を悩ませる。感じているのに、触れてもらえない。

「こんなに滴らせて。泣いているようですね」

内腿がぐっ、と開かれる。武内がそこに顔を近づけてきた。快楽への期待に、理月は思わず卑猥な言葉を口走ってしまう。

「あ……っ、な、舐め、てっ、武内、そこ……っ」

「どんなふうに舐めて欲しいですか、理月さん」

武内は更にいやらしいことを要求してくる。理月はもう許して、と仰け反った。それでも、肉体の欲求には抗えない。

「っ、い、いっぱいしゃぶって、舌を絡めて、吸ってえ……っ」

「――承知しました」

武内の返事が聞こえた直後、腰骨が灼けつきそうな感覚に襲われて、理月の背が大きく仰け反った。

「あ――は、あああっ！」

肉茎を一気に根元まで口に含まれて、じゅるじゅると音を立てて吸われる。ねっとりと舌を這わせられ、裏筋を擦るように舐め上げられると、脳髄《のうずい》が痺れそうになった。

「ひ、あ、あああぁっ、で……るっ！」

さんざん待たされた末の強烈な快感にひとたまりもなく、理月はあっという間にイってしまう。腰をがくがくと震わせながら、武内の口内に思い切り白蜜を弾けさせた。身体が浮くような感覚に、声もなく喉を反らす。

「――……っ、く、ぁ……っ」

出したものが、ごくりと飲み下される気配がした。ためらいのないその仕草に恥ずかしくなるが、今の理月にはどうすることもできない。それどころか、達したばかりの肉茎に、再び舌が這わせられる。根元からちろちろと舐め上げられ、丸みを帯びた先端をぬるぬると舐め回されながらまた吸われた。

「我慢したここに、ご褒美《ほうび》ですよ」

「あ、あ――あ、ア、い…っ、い……っ」

立て続けに与えられる気持ちいい刺激に理性が蕩けていく。悶える理月の顔に前髪が乱れかかり、それをマティスが優しくかき上げた。

「ああ…、なんて可愛らしい人なんだ」

「んん、ふぅ…っ」

マティスに口づけられ、舌を吸われる。舌が絡み合う音と武内に口淫される音とが混ざり合い、どちらがどちらの音なのかわからなくなる。ようやっとマティスから解放されると、顎を捕らえられて反対側を向かされ、今度は後藤が唇を重ねてきた。舌根が痛むほどにきつく吸われて、頭の中が白く濁《にご》る。

「こんなにエッチだと、めちゃくちゃ虐めたくなりますね」

最初からそのつもりだろうに、彼はわざとそんなことを言った。

「じゃあ、こうやって虐めますか」

拘束具によって無防備に晒された脇《わき》の下《した》を、マティスがぬるん、と舐め上げる。

「ん、あっ、ひっ」

「こっちもですよ」

反対側のそこを、後藤の舌でちろちろと舐めくすぐられて、理月はもう身も世もなく喘いだ。

「は…っ、あっ、あっ、んアぁあぁっ、だ、だめ、それっ、くすぐっ…たいから……っ」

鎖がガチャガチャと鳴る。けれど拘束された手足はどうにもならず、理月は男達の甘い責めになすがままに翻弄《ほんろう》された。

「くすぐったいのも気持ちいいでしょう?」

「ああっ!　ああっ!」

脇舐めだけではなく、また乳首を捕らえられ、こりこりと摘まれてしまう。その間も武内の口淫は続いていて、理月はあまりの快感にどうしたらいいのかわからなくなった。

「ふ、あ、あ————っイくっ、イくぅぅう……っ」

敏感な理月の身体は、いとも簡単に達してしまう。けれど男達はそんなことはお構いなしに責め上げてくるのだ。

「も、も…っだめ、あっ、あ…っ、い、イく、またイくからぁ……っ」

「どうぞ。何回イってもいいですよ。イくのお好きでしょう?」

武内が先端に舌を這わせながら言う。そこにある小さな蜜口は、苦しそうにぱくぱくと開いたり閉じたりを繰り返していた。

「あぁああっ…、や、だ、変になる…っ、おかしくな……っ」

「いいですよ。いっぱいおかしくなって」

「変になった社長も、きっと可愛いです」

柔らかい脇下の肉を、じゅう、としゃぶられる。時折そこからつつうっと脇腹に舌先を下ろされて、理月はびくびくと身体をわななかせた。くすぐったいのに、全身がぞくぞくして気持ちいい。必死に耐えているのに、鋭敏な肉茎をねぶられて恥ずかしい声を上げてしまう。またイってしまう。

「あああっ……！　ひう…う…っ！」

酷なほどの愛撫に音《ね》を上げることすら許されない。身体中の感じるところを愛撫され、理月はベッドの上でただ泣き喘ぐことしかできなかった。


「は…っ、はあ…っ、あっ」

ガチャリ、と両脚の拘束が外される気配がする。もう何度目かもわからないほどの絶頂からようやく戻ってきた理月は、男達が自分の上で位置を変えるのをぼんやりと見ていた。

「……気持ちよかったですか？」

武内が大きな手で前髪をかき上げてくる。そんな感触にすら感じてしまって、理月はびくびくと背中を震わせた。

「今からもっと気持ちよくしてもらえますよ」

後藤が理月の脚の間に入る。これから彼に犯されるのだ、と思うと、腰の奥がきゅうきゅうと疼いた。

「俺以外の奴に犯されてあなたが感じるのは身を焼かれる思いですが、それだけあなたのことを想っていると知ることができる。その事実に興奮します」

「…武内……っ」

彼の言っていることがよくわからない。けれど、武内はそれでも構わないようだった。

「課長の愛は歪《ゆが》んでますからね」

「ううっ」

後藤のものが肉環をこじ開けてくる。その刺激に理月は呻いた。先に武内の精を注ぎ込まれていた肉洞は、後藤の男根を悦んで受け入れる。じゅぷ、という音と共に、根元まで咥え込んでしまった。

「あああっ」

「は…っ、まあ、俺達も、人のこと言えませんが」

後藤はそう言って息をつくと、遠慮《えんりょ》なしに抽送を始める。武内との交合と、さっきまでの濃厚すぎる前戯《ぜんぎ》ですっかり感じる器官となってしまったそこは、突き上げられる度に震えるほどの快楽を覚えた。

猛々しいもので擦られ、蹂躙《じゅうりん》されて、身体中が甘く痺れるようだった。

「あっ、あ…っうっ、ふ、ん、んあぁあぁ…っ」

「前回ので、社長のいいところはだいたい把握《はあく》しましたので」

彼が言うとおり、後藤の動きは的確だった。欲しい、と理月が思うところを突いてくる。だが、だめだ、と思うところも同時に責められた。

「ああっやっ、いっ、――――っ、こ、こんなのっ……!」

一突き毎《ごと》に、脳天まで突き抜けていきそうな快楽が込み上げてくる。そして、それだけでも耐えられないのに、武内とマティスが理月の身体に愛撫を仕掛けてきた。

「んっ、やっ、やあぁ…っ、一度には、もう…っ」

「何を言っているんですか社長。さっきもイくイくってよがりまくってたじゃないですか」

「――――っ、だ、だから…っ」

マティスが耳の孔に舌を差し入れながら囁く。彼の手は、理月の股間に伸びていた。挿入の刺激で勃ち上がっているものを優しく握り、扱き上げてくる。

そして武内は理月の乳首を指先で弄んでいた。さっきまでさんざん責められ、そこだけでイかされてしまった場所だ。朱く膨れた突起を舐められ、唾液で濡らしたところをぬるぬると指先で扱かれる。

「んああっ、あっ、あ――――…っ」

(こんなの、我慢できない)

行為が始まった時から、理月はほぼそう思っていた。初めてこの男達に抱かれた時もそうだったが、彼らは理月を快楽で蕩かし、普段被《かぶ》っている仮面を剝がそうとしてくる。そして、自分の秘書に玩弄（がんろう）されるという異様な状況を、理月自身、甘んじて受け入れてしまっているというのも事実だ。

そして、昔から思慕《しぼ》を寄せていた武内の、内なる欲望を思い知らされた。

「ああっ…、んん――――…っ」

興奮が脳内を突き上げ、理月はあられもない声を上げる。後藤の男根で感じる粘膜をかき回され、もうどこもかしこも気持ちがよかった。さんざんイかされたのに、また絶頂の波が込み上げてくる。

「あ、イく、あぁっ、あっ！　――――～～っ！」

ぎゅうう、と体内の後藤を締めつけ、彼を道連れにした。彼は一声発すると、理月の体内にしたたかに精を放つ。たっぷりと出されたそれは、たちまち理月の腹をいっぱいにした。

「あああっ…！」

「…っは、あふれてしまいましたね」

繋ぎ目から滴る白濁が股間を濡らす。

「若いフリして大量に出すなよ、後藤君」

「マティスさんより若いのは事実でしょう。ていうか、これ俺の前の武内課長のがめちゃくちゃ出てないですか」

「悪いか。想いの差だ」

理月は、あまりに卑猥な会話に羞恥で顔を逸らした。

「もうさんざんすっごいことしているのに、まだ恥ずかしがるなんて凶悪に可愛いですね」

ずずっ、という音と共に、後藤のものがゆっくりと引き抜かれる。その感触に、理月は小さく声を上げた。

「まだ抜きたくないんですけど、いったん失礼しますね」

理月をさんざん泣かせたものが体内から出て行く。そして後藤がいた場所に、今度はマティスが位置取った。

「こんなにめちゃくちゃになったところをまだ犯される気分はどうですか、社長。すごくいやらしい眺めですよ」

「や、やっ、見る、なっ……」

胸に膝頭がつきそうなほどに大きく広げられた理月の後孔は、二人の男が放った精に濡れ、ひくひくと蠢《うごめ》き、収縮を繰り返している。内壁はいまだ熱を持ってその場所を犯す男を望んでいた。

「……理月さん、大丈夫ですよ。今は好きなだけ欲しがっていいんです」

武内の優しい手に頭を撫でられる。唇についばむようなキスを与えられ、理月は彼の唇を求めた。舌を吸われると無意識に腰が動いてしまう。

「武内課長が相手だと、一段とエロくなりますねえ。まあ、しょうがないか」

「んんっ！」

武内とキスをしている最中に、マティスのものがねじ込まれた。びくん、と身体が跳ね、背中が浮く。

「ああっ…、はあっ、あぁ――――…」

何度されても、こじ開けられる時の感覚は慣れない。押し開かれる時の内壁が引《ひ》き攣《つ》れるような刺激は、最も耐えがたい快感のうちのひとつだった。

「ああ、あ、は、はいって……く…」

「ええ、入っていきますよ。社長の中。すごく熱くて、濡れていて、気持ちいいです」

「ん…っ、んん、くううう…っ」

じゅぷじゅぷという音を立てて内壁が擦られる快楽に、理月は何度も喉を反らせる。突き出すように反らされた胸の上の乳首を後藤が優しく撫でていた。突起がじんじんと甘く痺れる。

「あああ……っ、胸、がっ……」

「社長、乳首大好きですもんね」

違う、と抗う声はよがり声へと変わっていた。乳首だけではない、武内の指先が脇の下へと滑り、感じやすい肉を意地悪く撫で回される。

「あ、は、あ…あ…っ、あう、う……っ」

くすぐったいはずなのに、それらがすべて快感へと変わっていく。理月は口の端から唾液を滴らせ、昼間からは考えられない表情で喘いだ。マティスの腰使いも次第に遠慮のないものに変わり、奥を突かれる度にイきそうになる。

「まだ、駄目ですよ。我慢してください」

「あああ、あうう、ああっ」

理月は快楽を我慢するのは苦手だった。ほんの少しの刺激でも、肉体が溺れてしまうようにできている。ましてや、こんなに淫らな愛撫と抽送を受けていて、耐えろというほうが無理な話だった。

「だ、め…っ、きもち、いっ、我慢、できな……あ…っ！」

入り口から奥までをまんべんなく擦られ、突かれて、媚肉が快感にうねって震えている。こんなの、すぐにイってしまう。秘書達も理月の堪え性のなさはわかっているはずなのに、どうして今我慢させようとするのか。

「我慢しようとする社長の顔、それはもう絶品なんです。よく見せてくださいよ」

マティスはそんなことを言うくせに、弱い場所ばかりを狙《ねら》ってくる。そして根が真面目な理月は、どうにかしてそれを守ろうとした。容赦《ようしゃ》なく込み上げてくる絶頂感を無理やり抑え込もうとギリギリまで耐える。脚の指先が、宙で何度もわなないた。

「ああ――――、だめ、だめ、そんな、された…ら…っ、せめて、触らないで……っ」

挿入の快感に加えて、乳首と脇をねっとりと責められたら、あともう少しも保たない。

「駄目ですよ。ほら、ここ、たまらないでしょう」

「ふあぁああ」

脇下の丸い窪《くぼ》みを撫で回されて、異様な快感が全身を侵した。そして痛いほどに尖った乳首も摘ままれ、くりくりと虐められる。

「俺達の許可なしにイったら、お仕置きですよ」

「お、いいねそれ。どうします？――武内課長？」

マティスが腰を使いながら、武内に指示を仰《あお》いだ。

「そうだな……」

武内は理月の脇下から、脇腹にそって指先を下ろした。不意打ちの刺激に、高い声が漏れてしまう。

「んぁあぁあんっ」

まるで女の子のような声を上げてしまったことに悔《くや》しさが込み上げるが、五指を脇腹でじっくりと動かされ、立て続けに声を上げてしまう。

「ふあっ、ああっ、あっ！」

「それは内緒にしようか。知ってしまうと、おもしろくないからね」

「わあ、けっこう鬼畜《きちく》ですね」

後藤が武内の提案に笑いを漏らす。理月はいったいどうなるのかと、恐ろしささえ感じた。

「じゃあ、我慢していいてくださいね、社長」

マティスはにやりと口を歪めると、律動を小刻《こきざ》みなものに変えた。内壁が感じる刺激が強くなって、下半身全体が痺れる。

「あっ！　あっあっ！」

下腹が煮えたつ。内壁が奥のほうからうねってくる。理月は襲い来る極みを、どうにかして耐えようとした。だが、こんなの無理に決まっている。

「あ――――っ、あぁぁあぁっ、っ、イくっ、イくう…っ」

びくん、びくんと全身が波打つ。身も心も恐ろしいほどに興奮しているのがわかった。秘書達からの無体な行為を、理月は悦んでいる。

「理月さん、堪えてください。でないとお仕置きですよ」

「あっ、む、無理っ、こんなのっ、あっまた奥がっ……！　あぁ、あ――――…っ！」

鎖がガチャガチャと鳴る。我慢に我慢を重ねた理月だったが、やはり快感には勝てなかった。

嬌声を上げながら、そそり立つ肉茎の先端から白蜜を弾けさせる。内奥がきつく締まり、マティスを捕らえて雁字搦《がんじがら》めにした。

「うおっ…、くっ！」

彼は腰を大きく震わせると、理月の中に白濁を叩きつける。繋ぎ目から溢れたそれは、白く泡立っていた。

「……言いつけを守れませんでしたね、理月さん」

武内が耳元で優しく囁く。だが理月の耳には、その言葉は聞こえていなかった。


理月の両脚は再び拘束具に繋がれた。また四肢を捕らえられた状態で、異様な感覚に全身を震わせる。

「ああ……くうぅ……っ、そっ、それっ…、〜〜〜っ」

理月の肉茎の根元には、太い銀色の環《わ》が嵌《は》められていた。そんなふうにされた肉茎は苦しそうに勃起して、先端から愛液を滴らせている。

「ひぃ……あぁぁあ…っ」

三本の筆が、その屹立を撫で上げていた。根元から先端へと向かう筆、側面を戯《たわむ》れに触れ回る筆。先端を優しくいたぶる筆。そのどれもがたまらない刺激を生み出している。

「気持ちいいでしょう、社長」

「っ、あっ、あっ！」

後藤の声にも、理月は身を捩ることしかできない。

理月のものの根元に嵌められた大きな環は、射精を邪魔していて、どんなに感じても出すこ

とができない。秘書達の筆での愛撫は、甘い責め苦となって理月を泣かせていた。

「これだと強制的に我慢できますから、社長にはぴったりだと思いますよ」

「そ、そ…んなっ、あんんっ！　…っくぅぅう」

マティスに先端の切れ目を何度もなぞられ、理月は悶絶《もんぜつ》した。イっていてもおかしくない刺激なのに、根元のリングで封じ込められているせいでそれが敵《かな》わない。

「それにしても武内課長もエグいこと考えますよね。好きな子は虐めたいっていうタイプですか？」

後藤が言うと、武内は薄く笑った。

「理月さんは虐められるのがお好きだからな」

「それはわかります」

後藤はうんうんと頷く。

「確かに、社長は希《まれ》に見る被虐体質《ひぎゃくたいしつ》の持ち主です」

「す、好き放題に、言うな…っ、ああ…っ！」

秘書達の筆先が肉茎に触れると身体中がぞくぞくする。時折、筆は肉茎を離れ、脚の付け根や内腿を悪戯にくすぐっていった。

「あっ、あっ、あっ……！」

「どんな感じですか？　理月さん」

武内に先端の蜜口をくじられ、理月はひいっ、と仰け反る。意識が白く濁った。

「お、おかしく、なりそうっ…だからっ……！」

「今にもはち切れそうですね。ここを、こうして……」

「あ――っだめっ！　それはっ、それはゆるし…て…っ！」

剝き出しにされた先端の粘膜を筆で撫でられ、理月は啜《すす》り泣く。神経を快楽で炙《あぶ》られるような感覚に、両脚がぶるぶると震えた。だが蜜口からほんの少し白蜜が零れただけで、それ以上はどうにもならない。

「ア、あぁぁ…っ、そこっ、そこ撫でないでっ…、ああっ出させてっ……！」

理月ははしたなく腰を振って悶えた。出したい。思い切り射精したい。だが秘書達によって浮き上がる腰を押さえつけられ、更なる筆の愛撫は続く。

「裏筋も気持ちいいでしょう？　ほら、撫でるとぴくぴくする」

「ああ、ひいぃい……っ、んくうぅう…っ」

マティスの筆が裏筋をくすぐる度に、脚の付け根に痙攣が走った。意識が次第に恍惚に染まり、喘ぎが媚《こ》びを帯びたものになる。自分がどうなっているのか、よくわからない。

「これが好きですか？　理月さん」

武内の声が、呪文《じゅもん》のように頭に響く。その瞬間、理月の中で何かが弾けた。

「あ、すき…っ、すき、ぃ…っ、い、虐められるの、うれし……っ」

理月の口が、勝手にそんなことを口走っていた。快楽で屈服《くっぷく》させられ、理性を取り去り、剝き出しになった欲望が言わせた言葉だった。

「――――よくできました」

武内が頭を撫でてくる。理月はその心地《ここち》良《よ》さに涙を零した。これは紛《まぎ》れもない、自分自身の本質の側面。

「では、出させて差し上げます」

「あっ、あっ……！」

早く、早くと腰が動く。武内の手が、根元のリングをゆっくりと外していく。下腹にカアッ、と熱が込み上げた。

「さあ、思い切り噴き上げてください」

筆の先が肉茎を撫で回す。理月はシーツを思い切り握りしめ、弓《ゆみ》なりに身体を反らせた。

「あ、ア、出る、でる、イくっ！」

精路を蜜がもの凄い勢いで駆け抜けていく。それが腰が抜けるほどに気持ちがいい。

「ああ――――っ、くっ、イくぅ……っ！　～～っ！」

理月は何度も尻を振り立て、はしたなく射精した。秘書達の持つ筆が、理月の白蜜でしとどに濡れていく。灼けつくような絶頂に、身体がバラバラになってしまいそうだった。

「ん、んん…っ、んううう…っ」

まだ息も整わないうちに、武内が口づけてきた。噛みつくようなそれに夢中で応える。嬉しい、という感情が身の内から込み上げてくるのを、理月は抑えられなかった。

はあ、とついたため息は、どこか熱を孕《はら》んでいるように思えた。

（……あれだけのことがあったのに、これだけのモチベーションを保ってるってことは、アレはやはり効果があるってことなんだな）

理月《りつき》は小さく首を振ると、目の前のモニターに意識を向ける。

体調は、少し気怠《けだる》いのを除《のぞ》けばすこぶるいい。そして週が明けて出社するやいなや、流れる水のように業務をこなすことが出来た。

週末は、秘書《ひしょ》達と共に爛《ただ》れた時間を過ごした。それこそ脚の間が乾《かわ》く暇《ひま》もないほどにセックスを繰り返し、彼らが用意した淫猥《いんわい》な道具も使われ、理月の部屋は快楽《かいらく》の喘《あえ》ぎで満たされた。

（セックスして元気になるなんて、なんか、俺――――）

以前、会社のことで精神的に不安定になったことがあったが、その時に初めて秘書達に抱かれ、理月は落ち着きを取り戻した。その経験から、自分はその行為で安定するのではないかと薄々《うすうす》思っている。だがそれを認めてしまうのは、いささか抵抗があった。

（だってあんな――――あんなこと）

一人を相手にするならまだしも、三人もの男に抱かれるだなんて。

けれど、そんなことを思ってみても、理月自身、不思議《ふしぎ》と嫌悪感《けんおかん》が湧《わ》かないことに驚《おどろ》いてもいる。それどころか、三人の秘書達は、男としても皆、最優秀の部類に入るだろう。

中でも、昔から知っていたあの男は――。

その時、マウスを握《にぎ》る手の上に大きな手を重ねられて、理月は飛び上がりそうなほどに驚いた。

「――っ！」

「――すみません。驚かせましたか？」

背後から武内《たけうち》が覗《のぞ》き込んできていた。

「……驚いたぞ。お前が会社で、こんな……」

こんなふうに仕事中に触れられるとは思ってもみなかった。だが、理月はその手を振り払《はら》おうとはしなかった。手の甲《こう》から、彼のぬくもりが伝わってくる。行為の時とはまるで違う熱さのそれ。

「……失礼しました」

武内は少し黙《だま》って、低い声で続ける。

「俺としても、こんなことをしてしまうくらいには心がざわついているんです」

「……え？」

「あいつらが、思っていた以上にあなたにのめり込んでいるようなので」

あいつらというのは、マティスと後藤《ごとう》のことだろう。

「承知していたはずなんです。俺達は運命共同体も同然のような形で、理月さんのことをお慰《なぐさ》めしようとした。確かに、あいつらに抱かれているあなたも非常に素敵《すてき》でしたが――――、やはり、嫉妬《しっと》に身を焦《こ》がしてしまう自分もここにいる」

理月は思わず武内を見た。彼はいつも通り穏《おだ》やかな笑みを浮かべていて、その口調にも乱れはない。けれど、目の奥には激しく燃える業火《ごうか》があった。時折見せる武内の深淵《しんえん》の部分。その熱さを向けられるのは嬉《うれ》しかった。

定時は一時間ほど前に過ぎていて、秘書室も人が少なくなっている。マティスと後藤は、今日は二人とも外出していた。

「……ば、か」

ひどいことをしたと思えば、こんなふうに甘えてくる。しょうのない男だ――――、と理月は目を伏《ふ》せた。

「俺の気持ちは知っているくせに」

「聞かせてくれないんですか？」

理月の手に重ねられていた武内のそれがゆっくりと動き、理月の指の股を刺激する。身体の内側がぞわりと蠢《うごめ》いて、思わず唇《くちびる》を噛《か》んだ。

「だって――――、俺は――――、いつも、あんなふうに」

たとえ武内ではなくとも、マティスと後藤に対しても、抱かれれば同じように感じてしまう。そんな自分が武内に対して恋情を吐露《とろ》するのは、なんだか気まずかった。そして、そんな理月の胸中を、彼は理解してくれたようだった。

「いいのですよ、理月さん」

熱を孕んだような彼の声。

「俺にそんなことをとやかく言える資格はない。俺はただ、あなたが――あなたがそう思ってくれるというだけで」

理月は次の瞬間、武内に向き直って彼の首に両腕を回した。そして彼が何かを言うよりも早く、その唇を塞《ふさ》いでしまう。彼の呼吸が止まったような気配がした。

「――」

唇を離した時、理月の頬《ほお》は真っ赤だった。

「お前が好き」

やっとのことでそう呟《つぶや》く。けれど、彼の反応は返ってこない。

気に入らなかったのか？　それとも、やっぱり都合のいい話だと呆《あき》れられてしまったのか？

「……」

おそるおそる目線を上げて武内を見た時、彼は瞠目《どうもく》して理月を見ていた。その、何かを必死で堪《こら》えているような気配に、思わず怯《ひる》んでしまう。何故《なぜ》ならそれは、獣《けもの》が獲物《えもの》に飛びかかる寸《すん》前《ぜん》の雰囲気《ふんいき》によく似ていたからだ。

「――――あ！」

気がついた時、理月は机の上に押し倒され、性急にベルトを外されていた。照明の光が直接目に突《つ》き刺《さ》さって、思わず瞼《まぶた》をきつく閉じてしまう。その間にスーツのズボンを下ろされ、下半身を露《あら》わにされてしまっていた。

「た、武内！」

まさかいきなりそんなことをされるとは思わず、驚きと羞恥《しゅうち》で理月は彼の胸を押し返そうとした。だが、体勢のせいで起き上がれない。

「あ…っ！」

「――――理月さん、すみません」

両の足首を摑《つか》まれて、大きく左右に開かれた。そして理月は、その脚の間に顔を埋《うず》める彼を見てしまう。

「あっ…、んん――――…っ」

武内が舌を這《は》わせてきたのは、後孔の肉環だった。予想外の場所を舐《な》められてしまい、びくん、と腰がわななく。武内の舌は理月の肉環をこじ開けるように蠢《うごめ》き、内部に唾液《だえき》を送り込んでくる。

「あ、あっ…！　あっ、んっ…、ん、くうう…っ、た、武内……っ、だめぇ…っ」

身体から力が抜けていく。理月の後孔は武内に舐められる度に蕩《とろ》けていき、舌の動きに合わせてひくひくと悶《もだ》えた。腰の奥が、ずくずくと疼《うず》く。

「だ…め、あっ！　そんな、されたら……っ」

――そんなことをされたら、欲しくなってしまう。お前の熱い雄を挿《い》れて欲しくなるから。

理月の股間《こかん》のものはすでに勃《た》ち上がって、先端《せんたん》を愛液で潤《うる》ませていた。

「あ、あっ…ふ、あっ、あっ」

ぴちゃぴちゃと卑猥《ひわい》な音をさせながら舐められる後孔は、もうひっきりなしに収縮《しゅうしゅく》を繰り返している。ようやっと武内がそこから顔を上げた時には、理月は息も絶《た》え絶《だ》えだった。

「あなたにそんなことを言われたら、俺は発情した獣みたいになるしかないです」

武内は衣服の中から自身を引きずり出す。それは悠々《ゆうゆう》と天を仰《あお》いでいた。

「お、前が言えって……、あっ、ん――っ！」

解《ほぐ》れた肉環に、男根の先端がねじ込まれる。いつもよりいささか性急に挿入《そうにゅう》されて、理月は声も出せずに仰《の》け反《ぞ》った。

「――ぁ……あ」

太く長い男根でみっしりと埋《う》めつくされて、足の先までじぃん、と痺《しび》れてしまう。入っているだけで感じてしまい、理月は思わず彼にしがみついた。すると、大きな突き上げが襲《おそ》ってくる。

「────あっ！　ああっ！」

どちゅ、どちゅ、と脳天まで突き上げられるような抽送《ちゅうそう》に、わけがわからなくなるほどに乱れる。ここがどこなのか、忘れてしまうほどだった。

「────理月さん、理月さん……っ」

いつになく余裕が感じられないような武内の声。そこに、確かな自分への執着《しゅうちゃく》めいたものを感じて、激しい喜悦《きえつ》に包まれた。

「……あなたを独占《どくせん》できずとも構わない。俺は、あなたが欲しかった────」

「武内ぃ…っ、ああっ、あっんっ！」

身の内の男を締めつけ、理月はいい、いい、と啜《すす》り泣く。こんな淫乱《いんらん》な自分に、呆《あき》れないでいてくれるのなら。

「構わないと言いました。いやらしいあなたは、最高に可愛らしい」

「ああ……、武内、さわっ、て……っ」

彼の手を取り、互《たが》いの身体の間でそそり立つ自分のものに導く。はしたなく勃起《ぼっき》したそれを握《にぎ》られ、巧《たく》みに扱《しご》かれて、意識が飛びそうなほどの快感に揺さぶられた。

「これがいいんですね、理月さん……」

「んぁあぁっ、あぁあ…っ、気持ちいい…っ」

淫《みだ》らな自分を受け止めてくれる。それが嬉しくて、理月は彼の獣欲《じゅうよく》をも食らった。もっとして欲しい。何をされても構わない。そんな思いがますます理月を昂《たか》ぶらせ、彼が放った夥《おびただ》しい精を肉洞の奥で呑《の》みほした。

「――では、よろしくお願いいたします」

「こちらこそ」

ジャイルズの会議室で、檸鈴堂《ねいりんどう》との正式な契約が交わされた。この後はすぐに、檸鈴堂の監《かん》修《しゅう》の元で新商品が開発されることになる。

「よかったですね、社長」

後藤が嬉しそうに告げてきた。彼は一番最初に檸鈴堂を訪れた際に同行している。

「ここのところ業務もうまく回っているようで、嬉しいよ」

「それは社長のがんばりでしょう」

マティスの労《ねぎら》いの言葉に、理月は小さく笑って首を振った。

「それは社員の皆のおかげだ」

自分は社長の器《うつわ》などではないと思った時もあったが、こうして心を落ち着けて全体を見渡し、必要な措置《そち》を講ずることで、数字もそれについてきた。

「その中に、俺達も含《ふく》まれています？」

「もちろんだ」

首元のネクタイを直しつつ、理月は微笑《ほほえ》む。

あれからも、彼らとの行為は続いていた。最中の時の自分の淫蕩《いんとう》さを思い浮かべると、ほと嫌《いや》になるが、それを厭《いと》わなくていいのだと教えてくれたのも彼らだ。口に出すことは憚《はばか》られるが、あの行為が自分にとって必要なものなら受け入れよう――。そんなふうに、思えるまでになった。

「本日は、お父様とのお約束の日では」

「ん――ああ、そうだな。そろそろ行くか。父を待たせるわけにはいかない」

理月は腕時計に目を落とす。今日は祐源《ゆうげん》との会食の予定があった。おそらく、社長に就任してからのことや、秘書達のことなど色々と聞かれるだろう。少しばかり気が重かったが、義父からのこの誘《さそ》いは断れるものではなかった。理月にとって、育ての父である祐源は、絶対的な存在に等しい。

「お車を回します」

「いや、いい。タクシーで行く」

武内の言葉を、理月は遮《さえぎ》った。

「しかし」

「これはプライベートな予定だからな。あまりお前達に甘やかされていると思われたくないし」

そう言うと、武内は微妙《びみょう》な顔をする。もともと祐源の秘書だった彼らが、理月とこのような関係になってしまったことに、色々と複雑な感情があるのかもしれない。だが理月は、このことは自分一人の責であると考えていた。彼らがどういう意図で理月を抱いているにせよ、秘書達のせいにするつもりはない。それは武内であっても同じことだった。

「……そうですか。ではせめて、車を手配します」

「ああ、頼む」

ほどなくして到着したタクシーに乗り、行き先を告げて理月は会社を後にした。ビルの壁面が夕焼けの色に染まっていく様をぼんやりと見つめる。

車はとある煉瓦《れんが》造りの建物の前に止まった。老舗《しにせ》のフレンチの店で、祐源の気に入りの店だった。父はよく会食相手をこの店に連れてくる。

「お待ちしておりました」

名前を告げると、恭《うやうや》しく迎《むか》えられ、奥まった個室に案内された。祐源はまだ来ていない。

理月はほっとして椅子《いす》に腰掛けて待つ。

十五分ほど経《た》った頃、先ほどのウェイターに案内され、祐源が姿を現した。

「久し振りだな、理月。元気だったか」

「はい、おかげ様で――。お父様もお元気そうで何よりです」

理月が立ち上がって挨拶《あいさつ》をすると、祐源が鷹揚《おうよう》に笑う。

「いや、隠居《いんきょ》も同然の生活をしていたら、すっかり老《ふ》け込んだよ」

にこやかに謙遜《けんそん》してはいるが、理月は祐源の底知れぬ恐ろしさに背筋《せすじ》が冷える思いだった。

父は理月を大事に育ててはくれたが、決して甘い父親ではなかった。できなければ容赦《ようしゃ》なく叱《しか》られたし、どこか愛玩《あいがん》動物を観察しているような、そんな酷薄《こくはく》さがあった。そして時折《ときおり》感じる、妙《みょう》に粘度《ねんど》の高い視線——。

「……まだ引退などなさるには早かったのではないですか」

食事が始まり、理月はワインで喉《のど》を潤《うるお》しながら言った。久々に父の前に出ると、妙に緊張《きんちょう》してしまう。運ばれてきた前菜を機械的に口に運ぶ。

「なに、あの会社はなるべく早々にお前に引き渡したかったからね。なかなかがんばっているそうじゃないか」

「いえ、まだまだです。お父様がやっていらしたようにはなかなか——」

「私のことなど、気にすることはない。お前が好きなようにやればいい」

祐源は理月のことを労った。

「——時に、あの秘書達はどうだ？　役に立っているか？」

「ええ、とても。彼らはよく私を助けてくれています」

秘書達のことを話す時、理月は更《さら》に用心深くなった。父に彼らとの関係を知られるわけにはいかない。どうしてなのかは自分でもよくわからないが、父に叱られてしまうようなことをしている気がした。

「皆、男ぶりのいい、頼りがいのある男達だろう」

「はい」

「武内は特にお前のことを気にかけていたが」

「……」

父が武内の名を口にした時、理月は慎重《しんちょう》に肉料理にナイフを入れていた。音を立てないように、細心の注意を払って。

「奴はどうだ?」

「どう……と言いますと?」

理月は僅《わず》かに首を傾《かし》げる。父はそんな理月をおもしろそうに眺《なが》めながらワイングラスを傾けていた。

「あれはお前を助けてくれるか」

「はい。とても」

そう答えると、父は満足そうに笑う。それから、

「――――では、奴らはお前の身体も満たしてくれているのだな」

と言った。

「……え?」

その場の空気が凍《こお》りついたような気がした。父の言葉がすぐには理解できず、何度か言われ

たことを反芻《はんすう》する。――――まさか、自分達の間で行われていることを、父は知っているのだろうか。

「……それは、どういう……」

「――――うん？　なんだ、あいつらはお前に言っていなかったのか」

父の言葉は意外そうな響《ひび》きを持っていた。

「いいか、理月――――。お前はな、経営者としては、少しばかり脆《もろ》いところがある。それは自分でもわかっているな」

「……」

「答えなさい。理月」

「は、い……」

絶対的な響きを持つ声に、肯定《こうてい》する。それは理月自身、嫌というほど自覚している。当たって欲しくない予感が、頭の中で渦《うず》を巻き始めた。

「お前には強い男の熱が必要だ。あればあるほどいい。その点、武内達は適任だった」

「……お父様の、ご指示だったのですか」

彼らが理月に対し囁いた甘い言葉も、優しく淫靡《いんび》な熱も、すべてはこの父の差し金だった。

「まあ、そうだな。私が持ちかけた」

紅茶のカップが、ガチャリと音を立てる。理月は自分の指が震えてしまわないように努めた。

「お前にはいい結果をもたらしたみたいではないか。顔色もいいし、どこか艶《つや》のようなものも持っている。それはお前のビジネスに、最大限の効果をもたらすだろう」

「――――」

理月は堪えられずに瞼《まぶた》を伏《ふ》せる。

(お父様の言うとおりだ)

自分はまだまだ未熟者《みじゅくもの》だ。あんなに優秀で魅力的《みりょくてき》な男達が、自分に一斉《いっせい》に――――たとえそれが性欲であっても――――好意を持ってくれるなんて、ありえなかったのだ。

それなのに、甘い快楽に溺《おぼ》れていい気になっている理月を、彼らはどんな気持ちで見ていたのだろう。

悔《くや》しい。恥ずかしい。情けない。

彼らはただ、祐源の命令に従っていただけなのに。

「――――それは、知りませんでした。お父様の意向を察することができておらず、申し訳ありません」

「お前は若い。無理もない」

ねっとりとした視線が理月の全身に絡《から》みつく。父は今、真実を知って傷つく理月の姿を愉《たの》しんでいるのだ。

冷たい愉悦《ゆえつ》の視線に舐《な》め回されることは、以前からもよくあったこと。父は理月がこうして心を乱しているところを見るのが、何よりも好きなのだ。

未《いま》だに父の囲いから出ることはできない。こうして、気まぐれに呼び出されては傷つけられ、虚無《きょむ》に陥《おちい》る。

理月の中に諦《あきら》めが満ちる。それがみるみる自分を呑み込んでいくのを、ただじっと見つめているしかできなかった。


それからどうやって車に乗り、自分の部屋まで帰ってきたのかよく覚えていない。

気がつくと理月はベッドの上に身体を投げ出していた。少し眠っていたのか、時刻《じこく》は深夜の三時を示している。

床の上に落ちていたスマホを拾うと、武内から着信が入っていた。

「――――」

理月はスマホをシーツの上に放り投げる。

彼に対する怒りはない。ただ落胆《らくたん》と、身体を包む寒々しさだけがあった。胸の中が、氷でも呑み込んだかのように冷たい。理月は上掛けをかぶり、その中で膝《ひざ》を丸めた。まるで子供のように。

――どうしたらいいのだろう。

彼らに対する感情は。そして武内に対する想いは。

いっそ何もかも放り出して、どこかへ逃げられたら。

だが自身に課せられた責任は、そんなことを許してくれるはずもない。できない。

彼らと熱く絡み合ったベッドで、理月はたった一人で夜を越えようとしていた。

一晩悩み抜いた理月は、一睡もせずに会社へと向かった。

「おはようございます！　社長」

「――――おはよう」

闊達《かったつ》とした挨拶を投げかけてくる後藤に、視線を合わせずに返す。頭の奥に、いつまでも鈍《にぶ》い痛みが残っていた。怪訝《けげん》そうな顔をする後藤を無視して、社長のデスクに座る。ＰＣを立ち上げると、いつものように大量のメールが届いていた。眉間《みけん》に皺《しわ》を寄せながら、それを機械的に処理《しょり》していく。

「体調がよくなさそうに見受けられますが。昨日、お父様と飲み過ぎましたか？」

マティスがファイルを理月の側に置きながら柔和《にゅうわ》に声をかけてくる。

「――――ああ、有意義な夜だったよ」

自分でも驚くほどに刺々《とげとげ》しい声が出た。マティスは少し驚いたようだったが、何も言わずに一礼して退出していった。口数の多い彼にしてはめずらしい。

午前中は秘書達と、朝一番のミーティングがある。理月が著《いちじる》しく機嫌《きげん》が悪いという情報は共有されているようで、武内までが気遣わしげにこちらを見ていた。

——白々《しらじら》しい。どうせ父に言われて俺を抱いたくせに。

本人を目の前にしたせいか、今頃になって冷えた怒りが込み上げてきた。さっきまでは悲しくてたまらなかったのに。

それでも仕事は仕事だ。連絡や確認事項などは極《きわ》めて事務的に進める。もう、彼らの手を借りなくとも、きちんと会社を回せるということを見せなくてはならない。

「わかった。ではそれで頼む」

「——社長」

打ち合わせの終わりを告げると、武内が静かに声をかけてくる。

「何だ」

「昨夜《ゆうべ》、お父様と何かあったのですか」

予測できた問いかけだった。理月はゆっくりと視線を上げて武内を見た。理月の内面を見通そうとするような、深い瞳の色。見つめられると、心がざわめく。けれど理月は、それを無理やりに鎮《しず》めて口を開いた。

「お前達が私に対し、事実を秘匿《ひとく》しているということを知ったよ」

そう告げると、彼らが一斉に息を呑む動作が伝わってくる。三人の間で、視線が複雑に交差しあった。それを見ていると、心が冷えそうになる。

「父の命令だったなら、そう言えばいい。業務に必要なことなら私も考えた。何しろ、私の未《み》熟《じゅく》さが招いたことだからな」

「――――お父様は、なんと……？」

「白々しいぞマティス。お前達は父に呼び出され、私を――――抱くように言われた。そうだな？」

理月に詰《つ》められ、マティスは神妙《しんみょう》に「はい」と頷いた。その声に後藤も観念したように上を向く。武内だけは、じっとこちらを見つめていた。

「お前達を責めはしない。こんな突拍子《とっぴょうし》もない命令とはいえ、断ることは難しかっただろう。あの父のことは、私もよく知っている――――。これまで付き合わせてしまって、申し訳なかったとも思っている」

「――――社長、俺達は」

「だが」

後藤の声を、理月は遮った。

「黙《だま》っていられたのは、気分のいいものではない」

「――――申し訳ありません」

その時、武内が深々と頭を下げる。それにならい、マティスと後藤の頭も伏《ふ》せられた。

「責任はすべて、課長である私が」

「お前達に責を問うつもりはない」

何か言って欲しかった。そんなつもりはないとか、それは誤解だとか。だがそういった言葉を欲しがっていることが、理月の弱さなのだ。そう言いたくなる衝動《しょうどう》をぐっと呑み込んで、理月は続けた。

「話は以上だ。今後、そういった通常業務以外のことはしなくてもいい。それと今後、私への連絡はなるべくメール等を活用してくれ」

理月は冷ややかに彼らに告げる。だが、武内の頭が上がることはなかった。

「……いつまでそうしているつもりだ、武内」

「あなたを、傷つけてしまったことをお詫《わ》びします」

「――傷ついてなどいない!!」

せっかく自分を抑《おさ》えていたのに、声を荒《あら》げてしまう。マティスと後藤が、理月と武内に交互に視線を投げかけていた。

「思い上がるな。話は終わった。出て行け」

そう言い放った後、理月はモニターに視線を向け、二度と彼らのほうを見ることはなかった。

武内達はもう一度頭を下げると、静かに社長室を出て行く。

「――――」

大きくため息をつき、椅子の背に身体を預《あず》けた。美しく磨《みが》かれたデスクが目に入る。

――ここで、あんなに熱く絡み合ったのに。

今でも鮮明《せんめい》に思い出せる。彼の吐息《といき》。圧倒的な雄をねじ込まれた時の快感。

「……」

指先が、デスクの上をつうっとなぞった。硬く冷たい感触。あれも全部、嘘《うそ》だったというのか。

鼻の奥がつん、と痛むのを堪えて、理月は仕事以外のことを考えなくて済むよう、ファイルを手に取った。

「――以上が開発予定となっております。檸鈴堂との予定も、順調に進んでおります」

開発部長の報告に理月は頷く。

「そうか。わかった。引き続きよろしく頼む」

「かしこまりました」

「短期の期末ですが、まずまずの数字で、堅調《けんちょう》といったところです。前年比八パーセントといったところですか」

「十パーセントはいきたいところだな」

「次の期末では、射程圏内《しゃていけんない》に入るでしょう」

取締役達が頷いた。彼らは、理月の働きぶりにとりあえず満足しているらしい。

「では、また来週に」

理月の合図で重役達が立ち上がる。その時、窓の外から夕陽が差し込んできて、理月の目に突き刺さった。くらりとした目眩《めまい》を覚える。だが、体勢を崩《くず》す前に、背中に誰かの手がそっと触れた。

マティスだった。

「大丈夫ですか」

「――――問題ない」

理月は冷ややかな目で彼を一瞥《いちべつ》すると、ふいと顔を背《そむ》ける。会議室を出て社長室に戻るその背後を、マティスが追いかけてきた。

「社長、聞いていただけますか」

理月はその声を無視する。

「俺達――――私達に過失があったのは認めます。どんな処分《しょぶん》でもお受けします。だから、ご自分を痛めつけるのはおやめ下さい」

「何の話だ」

背後でため息をつく気配がした。

「ここのところ、会社を出た後、毎晩のように飲み歩いておられる。睡眠も足りていないでしよう。また以前のようにご自分を追いつめるおつもりですか」

「趣味がいいな。つけてきたのか」

「武内課長も心配しておられます。もちろん私も、後藤も」

理月は足を止め、廊下《ろうか》の途中で振り返った。

「私という娯楽《ごらく》がなくなって、惜《お》しいか」

「社長」

「確かにな。私も愉《たの》しんでいた。だが、騙《だま》されていたとわかってあんなことを続けるほど、恥知らずではない」

マティスの緑色の目が伏せられる。彼が傷ついたことが伝わってきたが、理月はマティスに背を向けた。

どうしてこんなにも許せないのだろう。

その理由は、自分自身でわかっていた。理月は彼らのことを、必要としていたのだ。身体だけでなく、心もまた預《あず》けようとしていて、それなのに裏切られた。信頼していたからこそ、怒りは大きかったのだ。

「謝らせてもいただけないのですか」

「謝る道理もないだろう」

彼らは悪くない。理月が勝手に傷つき、怒っているだけだ。

だが、いつまでもこの状態が続くのはよくないとも思っている。

(秘書の担当替えを検討《けんとう》しないといけないかもしれない)

止直、他の秘書が彼らほど優秀だとは思えないが、今のままよりはましだろう。だがそうなると、二度と彼らと和解できなくなるような気がする。

(それでいいじゃないか)

彼らは理月になど興味はない。ただ、父の命令で性欲を向けられていただけだ。それを確認する度に、ひどく胸が痛んだ。

それから二週間も経つ頃には、理月の体調は極端な不摂生《ふせっせい》によってますます悪くなっていった。だが理月とて、当てつけで荒れた生活をしているわけではない。酒の力でも借りないことには、眠れなくなっているのだ。

それでも、意地でも仕事に影響《えいきょう》は出さないようにしていた。そう、これは意地なのだ。彼らの慰《なぐさ》めがなくとも、ちゃんとやれるということを証明しなくてはならない。

痛む頭を抱え、鎮痛剤《ちんつうざい》を飲む。ミネラルウォーターで薬を流し込む様子を、武内に見られた。

「何か用か」

「いい加減になさってください。理月さん」

名前で呼ばれ、眉を顰《ひそ》めた。

「その呼び方はやめろ」

昨夜もあまり寝ていなくて、頭がくらくらする。けれど、この感覚にももう慣れた。

「このままでは、お身体を壊《こわ》します」

「心配ない」

たとえこの身体が壊れても仕事はするし、ぎりぎり動けるようにしているつもりだ。そう言うと武内が眉間の皺を深くする。秘書課のドアが開いて、マティスと後藤が入ってきた。

「……何だ」

「どうしても言うことを聞いていただけないということでしょうか」

「関係ないだろう」

武内が大きく息をつく。諦めてそのまま出て行くかと思われたが、彼はおもむろに後藤に向かって声をかけた。

「後藤、頼む」

「わかりました」

武内の指示を受け、後藤が近づいてくる。ぎょっとして椅子から立ち上がろうとしたが、その前に腕を摑《つか》まれた。空手経験者の、目にも止まらない動きだった。

失った。

大きな掌《てのひら》に目を塞《ふさ》がれて、何も見えなくなる。次の瞬間、首元に衝撃《しょうげき》を感じ、理月は意識を失った。

「すみません、社長」

どのくらいぶりの、泥《どろ》のような眠りだろう。身体に蓄積《ちくせき》されていた疲労《ひろう》により、眠りはなかなか理月を離してはくれなかった。それでも、ゆっくりと意識が浮上する。瞼《まぶた》を開けると、そこは見慣れた部屋だった。自分のマンションに帰ってきたのか。

「う―――」

ずいぶんゆっくりと寝ていたらしい。閉じられたカーテンの隙間《すきま》から、陽の気配が伝わってきていた。かなり日は高いような気がする。

いったい、何があったのだろう。

理月は記憶を辿《たど》ってみた。確か、社長室で彼らと口論になり、武内に指示されて後藤に何かされた。

（それからずっと眠っていた――？　でも、どうしてここに）

理月は自分が柔らかなリネンを着ていることに気づく。自分で着替えた覚えはない。誰かが

着替えさせたのだ。

「つっ……」

起き上がろうとすると、背中が鈍《にぶ》く痛んだ。寝過ぎた時に起こる痛みだ。頭はずいぶんすっきりしている。枕元の時計を見ると、午後の三時を指していた。かなりの時間眠っていたことになる。

その時、寝室のドアが開いた。理月がハッとして身構えると、三人の秘書が入ってくる。

「ずいぶん眠っておられましたね」

武内が持っていたトレイを理月に渡した。野菜粥《やさいがゆ》がいい匂《にお》いをさせている。すると、これまでろくな食物を摂取していなかった胃が、急に空腹だったことを思い出した。

「食べてください」

「……」

「まだ意地を張るつもりなら、手ずから食べさせて差し上げましょうか？」

声に本気の響《ひび》きがある。理月は肩を落とすと、とうとう素直に匙《さじ》を取った。ゆっくりと口に運んだ粥は、涙《なみだ》が出るほどに美味だった。

「ええと…、手荒な真似をしてしまってすみませんでした、社長」

後藤が殊勝《しゅしょう》な態度で謝《あやま》ってくる。

「気にしてない」

理月はぶっきらぼうに言った。こういった強硬措置《きょうこうそち》をとられてしまったことで、もう怒る気がなくなっている。心身ともに疲れ果てていたのかもしれない。

「シャワーを浴びますか？」

彼らはまだ何も言わなかった。もう少ししゃっきりするためにもシャワーを浴びたかったので、理月は彼らの側を通り過ぎて浴室へ入る。途中通り過ぎたダイニングのテーブルに、彼らが食事した形跡《けいせき》があった。あれからずっとついていてくれたのだろうか。

熱いシャワーを浴びると生き返った気分になった。着替えて寝室に戻ると、彼らが適当な場所に座って待っていた。武内にタオルを取り上げられ、生乾《なまがわ》きの髪を丁寧《ていねい》に拭《ふ》かれる。

「――ずいぶんと肝《きも》を冷やさせていただきました」

声に怒気が籠《こ》もっている。

「どうしてご自分を大事にしてくださらないのですか？」

「――だって、お前達は」

「確かに、俺達はお父上に呼び出され、あなたをお慰めするように言われました」

武内の手が、理月の黒髪をかき上げる。久し振りのその感触に、背中がざわりとした。

「けれど俺達は、決して命令だから、社長にあんなことをしたわけではないです」

スツールに座るマティスがそう告げる。

「お父上にあなたの写真を見せられましたが、一目で気に入ってＯＫしました。実際にお会いして、ますます抱きたいって思いました」

「俺も同じです。今まで会った人の中で、社長が一番綺麗《きれい》だって思ったので」

後藤がそう続けて、理月は狼狽《うろた》えてしまう。

「そんな簡単に――――」

「だって好きだと思ったものは、仕方がないじゃないですか」

マティスの口調は彼らしく軽いものだったが、自信に満ちていた。

「一目で気になるって、あると思います。でも、武内課長はまた違うみたいですけど」

後藤に言われて、理月は武内に顔を向ける。彼は思いつめたような瞳で理月を見つめていた。

「あなたのお父様には、おそらく俺の気持ちを見抜かれていたのだと思います」

彼は一度目を閉じ、またゆっくりと開けた。その表情には、深い決意が表れている。

「理月さんに関する提案をされたとき、お父様は俺がその誘惑《ゆうわく》に逆らえないとわかっていたんでしょう。案《あん》の定《じょう》、俺はあっさりとあなたに堕《お》ちた」

「で――――でも」

「信じられませんか？　俺が」

「俺達のこともですか？」

立て続けに尋ねられて、理月は少し怯《ひる》んだ。彼らも、よっぽど言いたいことが溜まっていたのだろう。それを聞きもせずに拒絶《きょぜつ》したのは自分だ。だからこんな強硬策をとられたのだ。

「……俺にとって、父は怖い人だった」

理月はぽつりと話し出す。

「知っていると思うが、俺と父は本当の親子じゃない。実際は腹違いの、年の離れた兄弟なんだ。藍川祐源《あいかわゆうげん》にとっての父が、俺の実父、つまり俺は愛人の子だ」

「社長の本当のお父上が亡くなられ、あなたを引き取ったのが今のお父上というわけですね」

後藤の確認に、理月は頷いた。

「祐源は俺のことを嫌っていると思った――。だから藍川の家に養子に入る時はとても怖かったんだ。絶対に虐《いじ》められると思っていた。けれど意に反して祐源は俺に優しく接してくれた」

だから、いい人なのだと思った。愛人の子でも分け隔《へだ》てなく接してくれる人なのだと。だが、年月を追う毎《ごと》に、それが疑わしくなってきた。

「確かに、充分な衣食住と教育を施《ほどこ》してくれた。けれど、なんて言うか――。あの人は、俺がつらいときに、ひどく楽しそうに見ているんだ」

「……歪《ゆが》んだ愛情ってやつですかね」

マティスが呟《つぶや》く。

「話した感じ、お父上は社長に対して愛情は持っているように感じられました。ただ、ひどく屈折《くっせつ》していると思いましたが」

「そうだ、確かこんなこと言ってましたよ。『受け止めきれないくらいの愛情が、理月には必要だ』って」

「それが複数セックスっていうのは、なかなか飛躍《ひやく》してるよな」

「ああいう人の考えていることは俺達にはわからないですね……。まあ、その恩恵《おんけい》に与《あずか》っておいて言うことじゃないですけど」

「いや――――、そうでもない」

マティスと後藤の会話に、理月が口を挟《はさ》んだ。

「俺の母は男に刺されて死んだんだ。痴情《ちじょう》の縺《もつ》れというやつだ」

「――――理月さん」

それを話していいのかと、武内が理月をやんわりと諌《いさ》める。だが、いいんだ、と理月は首を振った。

「希にみる淫乱《いんらん》だったと、父から聞かされた」

それを話す時の祐源も、ひどく楽しそうだったことを思い出す。

「俺にはその血が流れている。だから俺も、淫乱だったろう?」

「そうですね」

「ちょっ……！」

「武内課長!!」

あっさりと認めた武内に、なんてことを言うんだと、マティスと後藤は彼を咎《とが》めた。だが武内はまったく意に介さない。

「ですが、それがなんだと言うんです？」

ベッドの縁《ふち》に座り、呆然《ぼうぜん》としている理月の隣に武内が腰を下ろした。

「あなたは確かに淫《みだ》らだが、それが軽蔑《けいべつ》の対象だと思っているのなら、ひどい誤解ですし、むしろ刺激的で魅力的《みりょくてき》な要素に過ぎない」

「右に同じです。ベッドの中でお行儀のいい子には、なんの興奮も感じませんね」

「俺もです。あんなに興奮したエッチはしたことがなかった」

武内はおろか、マティスと後藤にも追従され、理月は何も言えなくなった。頬が熱くなり、心臓が早歩きを始める。

「え……え」

「理月さんがお父上に対し、複雑な感情を抱いていることは理解できます。けれど、俺の気持ちは信じてください」

「課長、さっきから自分だけ口説《くど》いてませんか」

「いくら俺達が後発だからって、ひどいですよ」

「うるさい。俺は今自分のことだけで精一杯《せいいっぱい》なんだ」

三方向から愛の言葉を浴びせられて、理月は絶句《ぜっく》するばかりだった。こんな熱量は、受け止め切れないかもしれない。

「そ、そんなこと、一度に言われても……」

「では少しずつでいいので、呑み込んで下さい」

「社長なら出来ます」

「俺達に愛されたら、もう最強になれますから」

理月は自分の膝《ひざ》に視線を落として黙り込んだ。頭の中が混乱して、うまくまとまらない。片手で顔を覆《おお》うと、まずは言わなければならない言葉を整理した。

「まずは……、ひどい態度を取ってしまってすまなかった」

謝罪《しゃざい》をすると、彼らは苦笑する。理月の頑《かたく》なな物言いには、彼らも相当参っていたようだった。

「あと、マティス、後藤」

顔を上げた理月に声をかけられ、彼らは「はい」と答える。

「お前達も、理月、と呼んでくれ」

「えっ⁉」

「いいんですか⁉」

その声は、理月のみならず武内にも向けられた。これまで理月を名前で呼ぶのは、武内だけに許された特権のように思われていたからだ。

「構わない。――――武内？」

彼に同意を求めるように呼ぶと、武内はふう、と息をついて肩を竦《すく》める。

「あなたがいいのなら。――――俺は、ほんの少し妬《や》けますが」

この男は、理月のことになると、年齢の割に子供っぽい面を見せるのだ。そんなことを今思い出す。つい昨日までは、荒《あ》れ狂《くる》う感情の中で何も見えなくなっていた。

「そんな顔をするな。受け止め切れないほどのものを、俺にくれるんだろう？」

マティスと後藤は、理月にとって大事な秘書であり、秘密を共有する男達だ。それに対し特別な感情を抱いている。

だが、武内はもっと特別なのだ。うまく言えないが、ずっと昔から大切にしてきたもの。彼に出会えたから、きっと自分はここまでこれた。そしてこれからの道程には、マティスと後藤の二人も必要だ。

そんなふうに考えるのは、欲深いことだろうか。

「――――では、理月さん」

ふわりと身体が浮き、視界がぐるりと反転したかと思うと、理月はベッドの上に横たわっていた。武内に押し倒されたのだとわかったのは、次の瞬間だった。

「あなたは少々、ご自分を大切にしなさすぎです」

「そうですよ。俺達がどれだけ心配したと思っているんですか？」

「自覚がないっていうのも厄介《やっかい》ですよね」

理月の秘書達が次々とベッドに乗り上げてくる。何が起こるのかだいたい予想がついてしまって、ぞくり、とした悪寒《おかん》が背筋《せすじ》に走った。

「ま、待て…っ」

これはきっと、ひどく責められてしまう。そうでなくとも、一ヶ月近く彼らと寝ていない。淫乱な理月の身体は、無自覚に飢《う》えて、熟《う》れていた。それを自覚してしまって、途端《とたん》に恥ずかしくなる。

「今したら、きっと我慢できなくなってしまうから……っ」

だから待て、と止めると、秘書達は「はあ？」という顔をした。

「では、我々はいつまで待てばいいのですか？」

マティスの声は意地悪《いじわる》だった。

「どれだけお待ちしたのか、理月さんはわかっておられないようですね」

後藤の声は少し怒っているように聞こえる。

「そもそも、我慢できなくなる、というのは、行為が久しぶりなせいかと思いますが、では俺達以外に、誰があなたのことをお慰めすると？　まさかそのような相手が他にいるとおっしゃるのですか？」

「ち、違うっ……！　そんな、いないっ」

武内に詰め寄られ、慌てて首を振ると、彼はニコリ、と笑った。

「よかったです。そんな男がいようものなら、どんな目に遭《あ》わせてしまうかわかりませんから」

揺らめく嫉妬《しっと》の炎《ほのお》が、理月の肌を灼《や》く。その熱さに全身がぞくぞくと粟立《あわだ》つのを止められなかった。彼らに執着《しゅうちゃく》されているのだと思うと、身体が欲情してしまう。

「……ああ、もうしたくなっていますね」

後藤に左足を摑まれると、そこからじん、とした感覚が生まれた。

「ニンフォマニアックなの、可愛いですよ」

「そこだけいい発音なの、帰国子女あるあるですか？」

「ここ一番って時にうるさいよ、お前」

先輩後輩の絶妙《ぜつみょう》な会話に、思わず笑いが込み上げてしまう。目の前で武内が口をへの字に曲げた。

「お前達、やる気がないなら、この人は俺が独り占めするぞ」

「そんなわけないじゃないですか。今は混ぜて下さいよ」

「武内課長って、ほんと心狭いですよねぇ」

「心が狭かったら、この人をお前達に触らせていない」

「ですよね。武内課長ってほんと不思議《ふしぎ》です」

まじまじと呟く後藤に、彼は苦笑する。

彼の理月に対する愛情や執着も、少し歪んでいるのかもしれない。これだけ理月を独占したいと言葉にも態度にも表しながら、理月が他の男に抱かれているのを見て興奮すると言ったりする。

(でも、好きならいいんだ)

今までは、世間一般に対して、普通ではないことを後ろめたく思っていた。こんなことをしていたらいけないとも感じていた。正直言って、今もそれが払拭《ふっしょく》できたとは思わない。

だが、誰に請《こ》うていいのかわからないが、どうか許してほしい。

好きな男以外にも感じてしまうのは、理月の罪《つみ》でもあるのだから。


「あっ、やっ！　はぁあっ……っ」

汗ばんだ肢体《したい》が、白いシーツの上で揺れている。理月はベッドの上で腰だけを高く上げて喘《あえ》いでいた。

その上半身は、縄《なわ》で厳《きび》しく縛《しば》られている。両腕を後ろで縛《いまし》められているので、自身の肩だけで体重を支えるしかない。

心配させたお仕置きだと言われて緊縛《きんばく》され、こんな格好にされた。以前に買ったあやしげな道具ばかりの段ボールに、これも入っていたらしい。

「は、ア、だめ、もう…っ」

後ろから後藤に双丘を開かれて、その狭間《はざま》を舌で舐め上げられていた。ただでさえ恥ずかしい格好なのに、更に恥ずかしいことをされて、シーツについた膝がぶるぶると震えていた。

「すごいです、理月さん。ここ、めちゃくちゃひくひくしてて……」

「っ、あっ、あ…っ！」

後藤の熱い舌で肉環を撫で上げられる度に、下腹がきゅうきゅうと疼いた。ひっきりなしに収縮《しゅうしゅく》する後ろは、早く挿《い》れて欲しくてたまらない。

「ねえ、縦に割れてないですか、ここ」

「どれどれ……、ああ、ホントだ。縦割れアナルだ」

後藤に言われてその場所を覗き込んだマティスが、あからさまなことを呟く。

「…っな、なに…っ、いやらしいこと、言わな……っ」

意味はわからないが、恥ずかしい言葉だということはわかる。そして理月自身がその卑猥な状態になっているということも。

羞恥に半泣きになると、武内が優しく頭を撫でて説明した。

「男のものを受け入れていると、後ろの孔が縦に割れるんです。ここは性器になりましたという証《あかし》ですよね」

「え……っ」

とんでもないことを言われて、思わず身じろぐ。けれど後ろから後藤にがっちりと摑まれている上に、武内にもさりげなく肩を固定されて、舌での愛撫を継続された。たっぷりと濡らされ、中に唾液を押し込まれると、全身が痺れる。

「あう、ふ、……っあぁあ、はぁあ……っ」

「気持ちよさそうですね。ここも、触ってあげましょうか」

マティスが横から手を差し入れてきて、理月の股間でそそり立っているものを指先でそっと触れまわった。

「あ、あぁ……っんんっ」

軽いタッチで弄《もてあそ》ばれ、後ろを舐められる感覚と混ざり、たまらなくて腰が震える。身悶えると縛られた縄が身体に食い込み、きつく抱きしめられているようでますます昂《たか》ぶった。

「ああっ、はあっ、……も、い、イく…ぅ…っ」

快楽に降参《こうさん》すると、後ろを舐めている後藤が小さく笑う気配がする。

「そうですね、ここ、すごい痙攣《けいれん》していますし、イってもいいですよ」

細かにわないている足の付け根をなぞられ、会陰も舌先でくすぐるように撫でられて、くうう、と喉が鳴った。裏筋をそっと撫でていたマティスの指先が先端を撫で回した時、理月はとうとう耐えられずに絶頂に達する。

「く、あ、んあぁぁあぁ……っ」

達する毎に快楽が深く、強くなっていくような気がする。自分の身体が慣れたからというのもあるだろうが、彼らの施す愛戯《あいぎ》が巧《たく》みに、しかも執拗《しつよう》になってきているのも事実だ。このまま、どんどん淫らになっていくような予感がする。

「ああっ…、あ、欲し……っ、挿れ、て」

彼らの前で、理月は誘うように身悶えた。三人から欲情を堪えるような気配がする。腹の奥が熱い。

「俺のでいいんですか?」

理月は不自由な体勢のまま後藤を見ると、こくりと頷いた。すると性急な仕草で後藤のものが取り出され、今イったばかりの後孔に押し当てられる。手加減なしに一気に押し進められて、理月は高い声を上げた。

「あっ、あぁ――――あっ…!」

内壁を擦り上げられ、感じる場所を突き上げられると、頭の中が真っ白になってしまいそうなほど気持ちがいい。さきほどの絶頂で白蜜に濡れた肉茎も、マティスが意地悪く弄んでいる。

「そんなに悦《よろこ》んで……、どんな感じなんですか?」

武内の指が理月の頭から、唇に移動してきた。その長い指に、思わず舌を這わせてしまう。

「あっ、あっ、気持ちいい…っ、後ろも……まえ、も…っ」

素直に肉体の快楽を口にすると、彼は理月の口中に指を入れてきた。

「んん、んくぅうう……っ」

敏感《びんかん》な上顎《うわあご》の裏側をくすぐられて、喉の奥から淫らな声を上げる。ひとしきり口の中を虐められると、その指が今度は乳首に向かってきた。

「ああ、ふっ」

刺激と興奮で尖《とが》った突起を優しく転がされ、摘《つ》まれて、快感にわななく身体に新たな刺激がくわわる。

「あ、こんな、こん、な…っ、あぁぁあ……っ」

許容量を超えた快楽に惑乱《わくらん》し、取り乱した声を上げる。男達は理月の感じるところをひとつ丁寧に愛撫し、可愛がり、虐めた。

「や、は…あっ、ああ、んぁあ……っ、イく、う……っ！」

内奥にぶち当てられ、いとも簡単に限界を迎えてしまった理月が、身体中で絶頂を噛みしめた。同時にきつく締め上げられた後藤も短い声を上げて達し、その肉洞に雄の白濁を叩きつける。

「あっ、あっ、熱っ…！」

中に出されることにさえ快感を覚える。確かに、もう理月のそこは性器だと言っても間違いではないかもしれない。恥知らずな、快楽を得るための場所だ。彼らに教えられてここまで開

発された。

「う…っ、ふ、う」

後藤のものが引き抜かれると、支えを失った理月の肢体が横倒れになる。マティスがそれを仰向《あおむ》けにし、まだ余韻《よいん》の退《ひ》いていないそこに自身を押し当てた。

「社長を……理月さんを見ていたら我慢できなくなりました。いいですよね」

「ああ……」

頷くと、まだ収縮の治まっていない場所にマティスのものがねじ込まれる。ぞくぞくっ、という波が腰から背中を舐め上げた。

「んあぁあっ」

理月の肉洞を満たしている後藤の精が、マティスが動く度にちゅぐちゅぐと卑猥な音を立てる。

「ああ、この音……、最高ですね、いやらしい……」

「あ…っああ…っ、は、ずかし……っ、んあっ、んんんっ！」

泣き所を小刻みに突かれて、背中が大きく仰け反った。腹の奥で感じる快感が、内腿から足先へと広がって甘い痺れをもたらす。引き締まった下腹がうねり、理月が感じていることを教えていた。

「ここが好きですよね？」

ずん、ずん、と弱いところを抉《えぐ》られ、泣き声が上がる。快楽が強すぎて、やめて欲しいのにやめて欲しくない。

「あっ、あ――――っ、……っす、す、き……っ」

身も世もなく悶える理月を、武内が焦《こ》げつくような視線で見つめていた。嫉妬と興奮。それがないまぜとなって理月に絡みつく。

「理月さん、ここをしゃぶってあげますね。きっとすごく気持ちいいですよ」

「あうう、う！」

押し開かれた両脚の間で、マティスに揺らされて張りつめている肉茎を、後藤が口に含んだ。

腰骨が灼けつきそうなほどの快感に襲われる。前後を同時に責められると、すぐに正気をなくしてしまうのだ。

「ひ、い、や…あ、あ、イく、イくっ……！」

身体が望むままに、勝手に腰が蠢く。口の端から唾液を滴らせる理月の唇に、武内がむしゃぶりついた。乳首を撫でながら絡めてくる舌に、理月も甘く呻《うめ》きながら応える。

「ん、ふぅうう…っ、んっ、んく、んぅぅうんんっ……！」

びく、びくと身体が跳《は》ねた。後藤の口の中で何度か射精し、後ろでも達した。さんざん中をかき回したマティスが最後の仕上げとばかりに強《したた》かに飛沫《しぶき》を注《そそ》ぎ込んでくる。

「あんっ、あぁ――――…っ」

耐えられずに武内との口づけから外れて、理月は嬌声《きょうせい》を上げた。腰を上げて噴《ふ》き上げる白蜜を、後藤がすべて舐めとってしまう。

「ああっ、ああっ……」

余韻が強すぎて、いつまでたっても快感が退かないような気がしていた。マティスが理月の後ろから男根を引き抜くと、ごぽっ、という音とともに白濁があふれ出してくる。

「ああ、もういっぱいになっちゃいましたね。でも、まだ武内課長がいっぱい出してくれますよ。漏《も》らさないようにしてくださいね」

身体中が痺れていて、マティスの声がどこか遠くから聞こえてくるようだった。けれど、片方の脚を高く抱え上げられ、武内が交差するように下半身を割り込ませてくると、また下腹が疼いてしまう。

「…ったけ、うち……っ、も、漏れ、ちゃ、は、早く塞《ふさ》いで……っ」

「ええ、もちろん」

武内の、いきり立った凶器を目にすると、理月は喉をひくひくさせて喘いだ。震える肉環に先端が潜《もぐ》り込んでくると、それだけでイってしまいそうになる。

「……っあぁんんんっ！」

我慢しようとしたが、駄目《だめ》だった。彼の男根がずぶずぶと挿入されると、快楽に負けて理月は達してしまう。そんな理月を、武内が目を細めて、愛おしげに見つめていた。

「は…っ、んあっ、あぁぁあっ！」

そしてイったばかりの肉洞に、重く深い突き上げが襲《おそ》いかかる。容赦のない責めに、理月は噎《むせ》び泣いた。緊縛された身体は上気し、身悶える度に汗で濡れた肌が光る。

「あ、んうぁあ……っ、あぁぁあ……っ」

体位のせいか、彼のものがいつもより深くまで挿入ってくるような気がした。ごりっ、と未知の場所を抉られる度に、びくん、と身体がしなり、感じたことのない悦楽《えつらく》に悶える。

「あ、だめ、ふ、深い……っ」

「今日は、理月さんの奥の奥まで可愛がって差し上げます」

「え、課長、もしかして……」

「ひゅー、ドSってやつですね！」

後藤とマティスの反応で、武内が何か、これまでしたことのない行為をするのだと予想できた。思わず強《こわ》ばる身体に気づいたのか、武内が優しく声をかけてくる。

「大丈夫ですよ。気持ちいいことしかしません」

「で、も、ああっあ！　――――～～っ！」

次の瞬間、彼の男根が理月の更に奥まで入ってきた。ずうん、と重苦しい快感が突き抜け、意識が真っ白に染め上げられる。身体中に快感の嵐《あらし》が吹《ふ》き荒れた。

「ひ…っ、ひ、ああ、ひぃ――――…っ」

　自分の肉体に、こんな場所があるなんて思ってもみなかった。武内の先端がそこに当たっているだけで、身体が勝手に震え出す。ゆっくりとその場所を捏《こ》ね回されて、イくなというほうが無理だった。

「あ――……、くう――……っ、う、んぁ、～～～～っ！」

　ずっとイっていて、戻ってこられない。苦しいのに気持ちいい。そんな快楽を、ずっと味わされていた。

「ああ……、すごい」

「理月さん、すごく綺麗です……」

「ひっ、ひいっ、ああっ！」

　マティスと後藤が感嘆《かんたん》するような言葉を漏らし、イき狂う理月に指や唇を這わせてくる。そんなことをされてしまうと、もうわけがわからなくなった。

「い――、すごい、あ、あ、熔《と》け、るぅ……っ」

「……っ俺も、すごいです。もっとして欲しいですか……？」

　理月の内壁は、いまや別のいきもののように蠢き、吸いついて、武内を奥へ奥へと誘い込んでいる。そして彼を強く締めつける度に、理月の媚肉も激しく感じてしまうのだ。

「し、して、欲し……っ、んん、ん――……っ、きもち、い……っ」

　淫らな本性を露わにしてもいいのだという安堵《あんど》があった。彼なら、彼らにならこの身体を任せてもいい。

（ああ、でも――――、もう、そんなの、いい――――）

どろどろと身体が蕩《とろ》けて、彼らとの境《さかい》がわからなくなる。そしてそれが途方《とほう》もなく気持ちいいのだということを、理月は噛みしめていた。


「痛みませんか？」

「……ああ」

嵐のような時間が終わって、理月の身体の縛めが解かれた。自由になった瞬間の関節の軽い痛みはあったが、後に残るようなものではない。

「よくこんなの知っていたな」

「ネットでいくらでも調べられるので」

どうやら後藤がやり方を仕入れてきたらしい。理月は呆《あき》れつつも、小さく笑みを浮かべた。

そして何気《なにげ》ない口調で告げる。

「お父様に会おうと思う。お前達と一緒に」

その場に、ぴん、と細い糸が張りつめるのがわかった。だが理月は涼《すず》しい顔で彼らの反応を待つ。

「それは……、よろしいのですか?」

「うん」

武内の確認に、軽く頷いた。

「いつまでもお父様の手の上にいるのは、よくないだろう。俺もいい加減、親離れしないと」

「むしろお父上のほうが、子離れしていないように感じられますけどね」

マティスの言葉に、後藤が続く。

「果たして簡単に親離れさせてくれるでしょうか?」

「さあ……どうだろうな」

縛られた腕を武内に擦《さす》ってもらいながら、理月は呟く。

「でも、やってみるよ」

「――――わかりました。では、お供します」

「喜んで」

理月は武内の顔を見る。彼はこちらを見下ろすと、微笑んで頷くのだった。

祐源の隠居後の家は、小田原の山の中にあった。箱根の温泉地にも車でそう遠くない場所にある、景観《けいかん》に恵まれた場所だ。

「元気そうじゃないか、理月。都内で会った時以来だな」

「はい、お父様もお変わりなく」

理月はその屋敷の座敷で、落ち着いた佇《たたず》まいで父と向かい合っていた。その側には、秘書達が控《ひか》えている。

「お前達も久し振りだな。しっかりやっているか？」

「はい、理月社長の元、日々、勉強させていただいております」

武内が折り目正しく頭を下げた。マティス、後藤も続く。かつて自分の下で働いていた秘書達を眺め、祐源はそう言えば、と理月に視線を戻した。

「お前の発案のコンビニ売りの新商品、評判《ひょうばん》がいいそうではないか。品薄で嬉しい悲鳴らしいな」

「はい、おかげさまで」

檸鈴堂の監修で開発された商品は、ＳＮＳでも話題になり、全国のコンビニでよく売れていた。一部地域では売り切れが続出し、窓口に問い合わせが殺到している。理月は結果を出したのだ。

「しかしこれで終わりではありません。まだまだ会社を盛り立てていきたいと思います」

「立派になったな。お前はもう少し精神的に細いところがあると思ったが、何か心境《しんきょう》の変化でもあったか？」

「お父様が与えてくださった彼らのおかげです」

理月の返答に、祐源は「おや」という顔をする。先日は、秘書達は自分の命令でお前を抱いたのだと言われてあんなに衝撃を受けていたのに、今、目の前にいる理月はまるで別人のように穏《おだ》やかな顔をしていたからだ。

「お父様には、これまで本当によくしていただきました。しかし、私もそろそろ独り立ちしたいと思っています。——今後、私及《およ》び会社のことは気にかけていただかなくとも大丈夫かと」

理月は、もうこれ以上は手出しをしてくれるなと言い放った。

「私の助けはもういらないと？　しかし、一人で大丈夫なのかね？」

「重ねて言いますが、彼らがいます。——私に、彼らを与えてくださったことには、心から感謝をしています。そんなお父様の期待にこれから応えたいと思いますので」

祐源が、理月の背後の秘書達に視線を向ける。彼らは毅然《きぜん》と顔を上げ、怯《ひる》むことなく祐源を見ていた。

「……なるほど、ずいぶんと仲良くなったものだ」

「お父様はそれをお望みでしたでしょう」

大輪の花のような微笑みが理月の顔に浮かぶ。祐源は一瞬、それに目を奪われた。だがすぐに己《おのれ》を取り戻す。

「とはいえ、お前のことは心配だよ。だが、そうだな。お前と秘書達が、どれだけ親密になったのか見せてくれたら、私も安心できるかもしれん」

「……と、言いますと？」

「お前達がまぐわっているところを見せてくれ。今、ここで」

「――――」

理月の顔に、朱が散った。膝の上に置いた拳《こぶし》が、微《かす》かに震える。

「――祐源様、それは！」

「小賢《こざか》しいぞ、武内!! 私に意見する気なら、それぐらいの覚悟をみせろ!!」

祐源の一喝《いっかつ》が、武内の動きを止めた。張りつめた空気が部屋を凍《こお》らせる。だがその中、理月が静かに立ち上がった。

「……理月さん？」

「それで、約束してくださいますね、お父様」

「もちろんだ。私はやると言ったことは違《たが》えない。そうだろう？」

理月は頷いた。確かに、祐源はこれまで、約束したことだけは守ってくれた。背後の秘書を振り返る。

「――お前達、いつもあれだけしておいて、ここで勃《た》たないと言ったらクビにするぞ」

目の前の三人は絶句《ぜっく》して理月を見上げた。

「そんなわけはないですね。俺はいつでも戦闘《せんとう》可能ですよ」

マティスが半笑いで答える。

「こんな状況でしたことないですけど、がんばりますね！」

意気込んだ後藤の返事にも頷き、理月は最後に武内を見た。濡れたような、黒い瞳で彼を見つめる。

「……そんな目で見られたら、駄目だなんて言えないですね」

困ったように笑いながら武内が答えた。理月もまた小さく微笑むと、唖然《あぜん》としている祐源を振り返って告げる。

「布団《ふとん》を敷《し》いていただけますか、お父様。せっかくの畳《たたみ》を汚《よご》してしまってはいけないので」

祐源は一瞬の間の後、家政婦を呼ぶために内線電話を取った。

おそらく、こういったことはままあるのだろう。呼ばれた家政婦は、理月達をちらりと一瞥《いちべつ》すると無言で布団を敷き、去っていった。

「――さっきは、パワハラみたいなこと言ったけれど、本当は死んでしまいたいほど恥ずかしいんだ」

敷かれた布団の上で、秘書達に顔を寄せながら、理月が小声で囁《ささや》く。心臓が今にも破裂《はれつ》しそうなほどにドキドキして、手が細かく震えていた。

「けど、こうする以外になくて……だから」

頼む、と声にする前に、理月の唇は武内に塞がれる。情熱的に舌を吸ってくるそれは、とてもすぐ側で父に見られているとは思えないほどだった。

「そんなに可愛いことを言ったら、どうなっても知りませんよ」

そう言って押しつけてくるそれは、ひどく硬く隆起《りゅうき》していて、理月は息を呑む。秘書達にスーツを丁寧に脱《ぬ》がされ、布団に横たえられると、今度はマティスがキスをしてきた。

「は……っ」

強く弱く舌を吸われて、頭がくらくらする。息を継ぐ間もなく顎《あご》を摑まれ、後藤にも口を塞がれた。敏感な口の中の粘膜を舐め上げられて、ひくん、と腰が震える。

「目を閉じて。俺達のことだけ考えていてください」

誰かが耳元で囁いた。理月は素直に瞳を閉じ、服を脱がせてくる手に身を委《ゆだ》ねる。やがてすっかり裸にされてしまい、素肌《すはだ》に複数の手が触れてきた。

ちゅう、と乳首に吸いつかれ、びくんっ、と身体が震える。もう片方も同じように舐められ、声が我慢できなくなった。

「ああ、あ…っ」

脳を侵してくる快感に、羞恥が駆逐《くちく》されていく。秘書達によって丁寧に執拗に開発されていった理月の肉体は、刺激を与えられると震えながら歓喜《かんき》にわななないた。

両の乳首を愛撫され、抑えた喘ぎを漏らし始めた理月の両脚が、大きく開かれる。

「あ…っ」

思わず目を開けようとした理月の目元を、誰かの手が塞いだ。暗い視界の中で、無防備な部分が外気に触れる感覚だけが伝わってきて、身が竦む。

「――――あ！」

だが、ふいに下肢を焼けつくような快感が襲ってきた。理月は、びくんっと背を反らし、乳首を嬲《なぶ》っている男のスーツの生地を摑む。

熱く濡れた感触が肉茎を包み、ぬるぬると扱いていった。巧みな舌が裏筋をちろちろとくすぐりながら、ねっとりと絡みついてくる。

「は、ア、あ、あぁぁ……っ」

「――――気持ちいいですか？　舐められるの、大好きですものね」

「んぁ、あ、やぁあ……っ」

耳元で囁かれる声に、背筋をぞくぞくと震わせてしまう。じゅるじゅるという音を立てて股間のものが吸われる度に、たまらずに腰が浮いた。

「あうぅ……あ…っ、ふぁ、ああ…っ」

乳首を虐められ、肉茎をしゃぶられて、理月はたちまち追いつめられた。快楽の嵐の中に、いつもとは違う視線がひとつ混ざっている。それは父の祐源のものだ。

——見られている。

「んぁんんっ！」

そう思った時、下腹の奥がずん、と疼いた。中が煮え立《にた》ち、そこを突き上げる男のものを欲しがっている。まだ何もされていない内壁がひくひくと蠢いて、それだけで勝手に快楽を生み出した。

「あ、あっ、あっ……！」

「……ここ、もう欲しいですか」

ぬぷ、と指を差し入れられ、内壁が引き攣れるような快感に貫かれた。自身は咥えられたまま舌で虐められ、指で奥をまさぐられる。痛いほどに尖った乳首も指や舌で転がされて、理月はもう我慢できないほどに乱された。

「んぅあぁあ…っ、あっ、あ——…っ、い、イく…っ！」

「いいですよ、ほら…。いつもたくさんイっているじゃないですか」

羞恥が快楽になる。それは理月が彼らに教えられ、自覚したことだった。父の前で恥ずかしい言葉を言われ、身体の芯《しん》が切なく疼く。そして腰の奥から止めようのない絶頂感がやってきた。

「は、あっ、んあぁぁんんっ」

喉から迸《ほとばし》るような声を出し、理月は極めた。噴き上げた白蜜は男の口の中で飲み下され、はあはあと胸を喘がせる。

「――――」

その時初めて、理月はきつく閉じていた目をゆっくりと開けた。両脇《りょうわき》に、後藤と武内の顔が見える。そして脚の間にマティスの存在を認めた。

「んん……っ」

理月は秘書達と順番に口づけを交わしていく。その間にも身体の敏感な場所に指で触れられ、唇を這わされ、快楽と興奮が途切《とぎ》れなかった。

「は…ぁ…あ、ん……っ」

マティスと舌をからめている間、後藤の指が後ろに入り、ちゅくちゅくと肉洞を抽送している。思わず腰を揺らしてしまった。

「もう挿れて欲しいんですか？」

「ん…んっ、も、我慢…できな…っ」

腕を伸ばし、武内にしがみつく。彼は理月に軽く口づけた後、布団に両手を突かせて這わせた。腰を強く摑まれ、後ろを開かれる。

「あっ」

欲しがっている場所を剝《む》き出しにされる恥ずかしさに声が上がった。武内のものが理月の後ろにぴたりと当てられ、ゆっくりと先端を潜り込ませていく。

「あ…っ、あぁ――――…」

挿入の快感が、身体中に広がっていく。理月は耐えられずに背中を仰け反らせ、喉を反らした。その喜悦《きえつ》に満ちた顔を、目の前の祐源に晒《さら》してしまう。

「ああ…っ」

それに気づいた理月が思わず顔を伏《ふ》せようとした時、脇からマティスの手がさっと伸びて、顎を摑む。

「駄目ですよ。お父様に見せてあげるんでしょう?」

「ほら、顔を上げて」

後藤にも促《うなが》されて、理月は目を閉じ、のろのろと頭を上げた。するとそのタイミングを図っていたように、後ろから、ずうん、と重い突き上げが襲ってくる。

「く、あ、あああっ!」

快感が突き抜けていく。いっぱいに広げられた肉洞を犯す彼のものは、絡みつく媚肉を振り切るように、力強く、容赦なく奥を目指していった。

「ん――――……っんくぅぅう……っ」

腹の奥が、じゅわじゅわと蕩けるようだった。入り口から奥までを容赦なく抽送する武内のものは、理月の感じる粘膜をあますところなく擦り上げ、抉って、強烈《きょうれつ》な快感を与えてくる。

「は……っ、あ…っ、あっ！」

「すごく、吸いついてきますね……。興奮しているんですか？」

「ああっ、ああっ」

耳元に口を近づけられて囁かれる武内の言葉に、思わず体内の彼を締めつけた。小刻みに動かれて締め付けを振りほどかれると、指先まで痺れるような甘い波が広がってくる。

「ひ、う…うう……っ」

「――――また、一番奥まで挿れてあげましょうか」

そう告げられて、はっとして武内のほうを振り返った。顎を摑まれ、口づけられて、答える声を封じられる。拒否権《きょひけん》などないとでも言うように。

「んん……うんっ…っ」

支配される悦びが身体中に満ちる。

（見られ、る）

男に奥の奥まで明け渡し、淫らな獣《けもの》になってしまうところを。

（そんな）

いくらなんでも、それは駄目だ。そう思っているのに、武内の先端が理月の奥の奥に、ぐぐっと入り込んできた。カアッ、と下腹が煮える。

「う、ア！」

身の内を暴力《ぼうりょく》のような快感が突き上げた。身体の内側から快楽が爆発《ばくはつ》して、それが押し寄せる波のように全身を浸してゆく。

「〜〜〜っ！　う、ア、あぁあぁ……っ！」

迸るような声が反った喉から漏れた。最奥をねっとりと責められ、ずっとイっているような感覚に下腹がわななく。

「ひ――――…、あ、あん、ぅあ、〜〜〜っ」

内奥が武内のものに吸いつき、じゅぷ、じゅぷ、という音が漏れる。あまりの快楽に、理月の理性は痺《しび》れ切り、意識が恍惚《こうこつ》の中に溺《おぼ》れた。

「理月さん、奥……、お好きでしょう？」

「ああっ…、はぁうっ……、す、き……、んぁっ、おく、好きぃ……っ」

自分でも知らなかった深いところを、逞《たくま》しい男根で虐められるのが好きだった。快楽で我慢できない場所を、容赦なく可愛がって欲しい。たとえ、泣き叫《さけ》んで嫌だと口走っても。

「どうしてお好きなんですか？」

武内の両手で、双丘を強く揉《も》みしだかれる。そうされると中の壁が強く刺激された。

「あっあっ……！　気持ち、いい……っ」

「気持ちいいのですか？　……可愛いですね。もっと犯して欲しい？」

「……っ、んっ、ん……っ！」

ぐい、と顎を持ち上げられ、祐源に顔を晒される。理月の目の前に、固唾《かたず》を呑んで見つめているような育ての父の姿が見えた。視界が潤《うる》んでいるので、父がどんな顔をしているのかはよくわからないが。

「――それなら、もっとよくして差し上げます」

「あ！」

腰を抱きかかえられ、武内は理月に挿入したまま布団の上に座った。膝の上に乗せられる体勢になった理月は、自重で彼のものにズンッと突き上げられてしまう。

「あ、あ、あああぁああっ！」

両脚を抱えられて広げられ、露わになった理月の肉茎から白蜜が弾《はじ》けた。脳髄《のうずい》が灼けつきそうな快感に襲われる。そのままずちゅずちゅと中を擦られ、一突きごとにイってしまいそうな感覚に揺さぶられた。

「うあ、あ――……っ、あああぁあ」

はしたない声を上げ、身も世もなく悶えている理月の尖った乳首を、マティスの指がそっと捕らえる。その途端、ビクン、と身体が強ばった。優しく転がされると、泣くほどに感じてし

まう。そして理月の脚の間に顔を埋《うず》めた後藤が、そそり立って濡れているものにそっと舌を押し当てる。

「あ、ひぃい……いぃ……っ」

身体が爆発しそうだった。理月は口の端《はし》から唾液を滴《したた》らせ、凄《すさ》まじく淫らな表情で喘ぐ。自分の一番恥ずかしい姿の、すべてを晒している。そのことがとてつもない興奮を煽《あお》っていた。

「理月さん……、出します…っ」

「あ、あ、来て、いっぱい、出して……っ」

終わりを迎える武内の飛沫が、体内の最奥に叩きつけられる。まるで孕んでしまうかと思われるようなそれに、理月も耐えられずに一際《ひときわ》深い絶頂に達した。

「あうう、あっあっ！　んんあぁあぁ……っ！」

極みは二度、三度と続いた。宙に投げ出された足のつま先が、すべて開ききってぶるぶると震える。

「……っ、～～～っ！」

「……たくさんイっていますね。可愛いですよ」

「ああ、ん…っ！」

息も整わないのに深く口づけられ、激しく胸を喘がせる。そのまま布団に横たえられ、男根をゆっくりと引き抜かれた。

「はう、ああ……っ」

「漏らさないように」

武内に告げられ、理月は自らの後ろを締める。彼が放ったものを溢れさせないように。

その理月の両脚を割って、マティスが挑《いど》んできた。

「俺も奥まで挿れていいですか？」

「あっ、あああっ、あっ……！」

肉環をこじ開けられ、理月は喘ぐ。

「い……いい、奥、までっ……！」

口走ると、長大なものが最奥まで突き入れられる。その快感に我を忘れて喘ぎ、マティスと後藤のそれを、たっぷりと味わわされるのだった。

「――よくわかった。どうやらお前は、私の想像以上に男の愛を食らい、大きくなったらしいな」

精も根も尽《つ》き果てて布団に伏せっている理月の耳に、祐源の声が聞こえる。気怠《けだる》い頭を起こして父を見ると、祐源は立ち上がり、部屋を出て行こうとしているところだった。

「私はもう何も口出しはせん。好きなようにするがいい」

声が掠《かす》れている。そんな理月を見てから、祐源は理月の側にいる三人の秘書達に呆れたように告げた。

「……お父様……」

「――――まったく。ここまでするとは思わなかったぞ」

「お許しが出ましたので。これまで我慢し過ぎていたようで、つい遠慮《えんりょ》なく愛しすぎてしまいました」

武内の声は、どこか得意げな響《ひび》きを帯びている。

「私も遠慮は無用と判断しました。おかげで、可愛らしい主人をお迎えすることができました。祐源様には感謝を」

いつも通り流暢《りゅうちょう》な日本語でマティスが続けた。

「おかげで毎日楽しいです。理月さんは武内課長がお好きなようですが、私のことも好きだと言ってくださいました。それだけで充分です！」

闊達な後藤の言葉は、ついさっきまでの淫靡《いんび》な行為には似合わないほどに、さわやかなものだった。

「なるほど」

父はこれまで見たことのないような表情をしていた。どこか虚《うつ》ろで、戸惑《とまど》いすら感じさせる。

理月は力の入らない腕で無理に上体を起こした。三人の秘書達がそれを支える。

「これまでお教えいただいて、ありがとうございました」

「理月」

祐源が向き直った。理月はもう、父にびくびくしたりしない。

「幸せになりなさい」

「――――はい」

そう言い残すと、今度こそ父は出て行った。理月はその瞬間に力を失い、がくりと布団に倒れ込む。

「理月さん、大丈夫ですか」

「……手加減しなさすぎだ、馬鹿者……」

三人に本気で抱かれた。最奥を穿《うが》たれ、何度達したのかわからない。後ろからは、彼らの放ったものが泡立《あわだ》ってあふれていた。そしてそれらのすべてを父に見せてしまった。

「……今になって恥ずかしくなってきた……」

「素晴らしかったですよ理月さん。あなたは最高だ」

マティスのてらいのない賞賛《しょうさん》の声。

「言わないでくれ」

身体を丸め、頭を抱えると、後藤がティッシュを引き寄せ、後始末をしてくれた。

「大丈夫ですよ。全部出してください」

「自分でやる」

「駄目ですよ。これは俺達の仕事ですから」

「……う、うっ……」

かき出すように広げられ、理月は三人分の残滓《ざんし》を出す。

「ともかく、あなたはこれでお父様の呪縛《じゅばく》から解き放たれたことになります」

のろのろと服を身につけながら、理月は武内の言葉を聞いた。

「本当にそう思うか」

「はい。あなたはわかったはずです」

「……」

理月は物心ついた時から、祐源の粘着質な、愛情とも欲望ともつかないものに縛られていた。父は理月が心を乱すことを好んでいた。思い悩む理月の姿を、残酷《ざんこく》な優しさで包んでいたのだ。祐源に執着《しゅうちゃく》されている限り、理月は真に自由になることはできない。それはもう、半ば諦《あきら》めていたことだった。

「……もう、いいのか。誰を愛しても」

「はい」

理月は顔を上げる。そこには秘書達がいた。彼らが理月を抱いたきっかけが父の命令だとしても、今が違うのならそれで構わないではないか。

手に余るほどの愛。それを、彼らは与えてくれた。

「俺と一緒に生きてくれるのか」

「どこまでもお供します」

「これまでも、まあまあ楽しかったですけど、理月さんがいればもっと楽しくなりますよ」

「俺も、お二人に負けないくらいの愛はあります」

三者三様の答えに、思わず笑いが漏れた。みっともないところも恥ずかしいところも見られてしまっているが、自分には彼らが必要なのだろう。貪欲《どんよく》だから、きっと愛もセックスも三人分必要なのだ。もちろん、ビジネス上のサポートとしても、彼らの力は欠かせない。

「武内は、それでいいのか」

「構いません。あなたと共にいられるのなら」

理月は武内が持つ独占欲《どくせんよく》を薄々と感じていた。だがそんな彼がいいと言うのだ。理月に異存があろうはずがない。

「わかった。では、よろしく頼む。俺の心と身体を」

少しあからさまな言い方だったろうか。でも、これ以外どう言えばいいのかわからない。つい瞼《まぶた》を伏せてしまうと、彼らに代わる代わる口づけをされてしまった。

「ところで、これからどうします？　このまま帰るのも何ですよね。明日も休みですし」

マティスの声に、理月は武内と顔を見合わせた。

「せっかくここまで来たのですから、温泉にでも泊まっていきますか？」

「あ、じゃあ俺、いい感じのところ今から予約します。実はあらかじめ目星つけてきたんですよ！」

気働きのきく後藤が、さっそくスマホを取り出して電話をかけ出した。

「四名オッケーです。露天風呂《ろてんぶろ》つき」

「でかした。温泉はいいよな」

「マティスさん、何か変なこと考えてないですか」

「そりゃお前も一緒だろ」

「俺はもう無理だぞ。くたくただ」

とは言ってはみるものの、夜になって彼らに求められたら、応えずにいられる自信がない。自分の淫らさを理月は思い知ってしまった。

「では、行きましょうか。もうここにいる必要はない」

武内が理月の手を取って立たせてくれる。玄関で、理月は背後の屋敷《やしき》を振り返った。

――理月と父を繋《つな》ぐ鎖《くさり》は、今はもうない。

「理月さん、車を回してきました」

「ああ」

彼らの呼ぶ声に、そちらを向いた。足を踏み出し、歩いてゆく。
それが自分の行くべき方向だから。

あとがき

こんにちは、西野花《にしのはな》です。『社長《しゃちょう》に就任《しゅうにん》したら秘書課《ひしょか》に調教《ちょうきょう》されました』を読んでいただき、ありがとうございました。この話はタイトル先行です。前回の『鬼上司《おにじょうし》の恥《は》ずかしい秘密《ひみつ》』もそうなんですが、部下×上司とか、従者×主人が好きです。上淫ていうんですよね。立場が上の人に無体なことをするのが好きなんですが、この場合、立場が上の人が年下なのが私の萌えです。で、オフィスものだと会社内でエッチするシーンを入れるのを推奨されます。いやこれ絶対見つかるだろとか、誰か入ってくるだろとかいうのは私も書いていて思いますが、これは誰も不可侵のＢＬ空間なので大丈夫です。

イラストを描いてくださった、うめ先生、どうもありがとうございます。どんな仕上がりになるのかとっても楽しみです。担当さんもいつもお世話になっています。毎回ご迷惑をおかけしているのではとひやひやしていますが、新しい椅子を買ったので手際よく仕事をしたいです。そう、実は今日、ゲーミングチェアを買ったんですよ。このご時世で家で仕事をすることが増えたので、やはり椅子は大事です。

それでは、またお会いしましょう。

【Twitter ID　hana_nishino】

西野　花

Lovers Label

社長に就任したら秘書課に調教されました

ラヴァーズ文庫をお買い上げいただきありがとうございます。
この作品を読んでのご意見・ご感想をお聞かせください。
あて先は下記の通りです。

〒102－0072
東京都千代田区飯田橋2-7-3
(株)竹書房 ラヴァーズ文庫編集部
西野 花先生係
うめ先生係

2020年11月6日
初版第1刷発行

●著 者
西野 花 ©HANA NISHINO
●イラスト
うめ ©UME

●発行者 後藤明信
●発行所 株式会社 竹書房
〒102－0072
東京都千代田区飯田橋2-7-3
電話 03(3264)1576(代表)
03(3234)6246(編集部)
●ホームページ
http://bl.takeshobo.co.jp/

●印刷所 中央精版印刷株式会社

ISBN 978-4-8019-2445-1 C 0193

ラヴァーズ文庫
Lovers Label
いおかいつき＆國沢 智
バーバラ片桐＆奈良千春
秀香穂里＆奈良千春
ふゆの仁子＆奈良千春
ラブ♥コレ
Lovers Collection
16th anniversary
犬飼のの＆國沢 智
西野花＆うめ
ウインタープレゼント
100名様
書下ろしカード封入
サイン本
好評発売中!!
ショートストーリー＆イラストレーターによる特別描き下ろし漫画を収録!!
創刊16周年記念BOOK